神獣フェンリル　白銀（しろがね）
年齢：創世記から　身長：人化した時は190cm
創世神が創った神獣。
下界では神の使いとして畏怖されている。
レン
年齢
前世では
転生後、
聖獣レオノワール　紫紺（しこん）
年齢：創世記から　身長：人化した時は180cm
創世神が創った聖獣。
服装は女性物を好み、一人称は「アタシ」。
ヒューバート・ブルーベル
年齢：12歳　身長：150cm
辺境伯騎士団の団長の息子。長男。
弟（レン）を溺愛するブラコン。
ちびっ子転生日記帳
～お友達いっぱいつくりましゅ！～

ギルバート・ブルーベル
年齢：32歳　身長：188cm
辺境伯騎士団の団長であり、辺境伯の兄。なんだかんだ周りに振り回される苦労性の長男気質。
アンジェ
ル
年齢：30歳　身長：165cm
辺境伯騎士団の団長の妻。元子爵子女。大人しくおっとりとしていて、いつも笑顔だが、怒ると怖い。

ちびっ子
転生
日記帳
～お友達いっぱいつくりましゅ！～
沢野りお
絵
こよいみつき

CONTENTS

プロローグ

ぼくのお部屋は、暗い押し入れの端っこ。

ママやママのお友達がいるときは、絶対に出てはダメ。ひとりで外に行くのもダメ。

でも、こっそり散歩はしているよ。

ママはお昼の遅い時間に起きて、夕方には仕事に出かけるの。

そうしたらぼくは、お部屋から出てテレビを見てご飯を食べる。ご飯はパンとかお菓子とか、ママとママのお友達が残した物。

学校？

学校はちょっとだけ行った。

その後は、知らない大人の人たちにママが文句を言われて行けなくなった。もう何年も行ってないから友達もいないの。

朝方に帰ってきたママやママのお友達の機嫌が悪いと、怒られる。

何も悪いことしてなくても……。叩《たた》かれたり、蹴られたり。すごく怖くて痛いから体を丸めてジッとしてるの。

今日も、だいぶお日様が眩《まぶ》しくなってからママとママのお友達が帰ってきた。

ママのお友達はすぐに変わる。若い男の人で怖い人ばかり。昔、優しくしてくれたおじさんみたいな人がいいのに、ママのお友達は、ぼくのこと嫌いな人が多くて悲しい。

あれ？

ママとママのお友達がケンカしているみたい。

ケンカすることはよくあるけど、今日のケンカはなんだか怖い。ガタンガタンと椅子とかが倒れる派手な音がする。あんまりうるさくすると、隣のおじさんに怒られちゃうよ？

その派手な音や二人の怒鳴り合う声がしばらく続いて、ぼくは怖くてそっと押し入れの戸を開けてみた。

「ぎゃあああぁぁぁ!!」

ママのお友達の叫び声にびっくりして、「ひっ！」と小さく悲鳴を上げてしまう。慌てて両手で口を押さえてママの様子を窺《うかが》った。

ママは倒れたお友達の傍《そば》で立っている。フーフー肩で息をしながら。

いつも綺麗《きれい》に巻いてる髪の毛がボサボサになって、洋服も破れて汚れているよ？　なんで、赤く汚れてるの、ママ？

そろりそろり、押し入れから這《は》い出て覗《のぞ》き込むようにママの顔を見る。

いっぱい泣いたのかお化粧が崩れて、きつく唇を嚙《か》みしめてる。

そして……床に寝ているママのお友達の体の下から赤い色が段々広がっていくんだ。

ポタポタとママの右手からも赤いものが垂れて落ちる。

ねぇ、ママ。その右手に持っているのは、なに？　なんでママのお友達は起きないの？

ねえ、ママ。なんで、ぼくのことをそんな怖い顔で睨《にら》むの？

なんで、右手をぼくに向けて振りかざすの？

ギラッと光るママの握る銀色の何かが、すごく怖いよ。

ねぇ、ママ。なんで、ぼくを……愛してくれないの？

「あんたなんて、産むんじゃなかった」

胸に熱い衝撃を感じる瞬間、ぼくの目から一滴しょっぱいお水が流れました……。


「はじめまして、レンくん」

閉じていた目を開けたら、キラキラ眩しいほどキレイな顔をした知らない男の人が、ぼくを見下ろしていました。

え？　ぼく、どうしたの⁇

キレイな顔をしたお兄さんから、事情を説明されました。

ぼく、死んじゃったんだって。そうかな？　とは思ったけど……。

それを、たまたま友達の神様の社《やしろ》で見ていたこのお兄さん……実は日本の神様が、ぼくのことをかわいそうに思ってここへ連れてきてくれた。

ここは、別の世界にある神様のお部屋。

この神様は日本に沢山いる神様のひとりなんだけど、日本では治める担当が細かく決まっていて自分の自由にできないから、いちばん偉い神様に許可をもらって、この世界『カラーズ』を創ったんだって。

「だから、この世界では創造神・シエルなんだよ。日本神としての名前は内緒ね」

パチンとウィンクをして、ぼくにてきぱきとジュースやお菓子を出してくれる神様——シエル様。

目が覚めたとき殺風景で真っ白だったお部屋は、あっという間に豪華なお部屋に変わっていて、ぼくはちょこんと洋風の椅子に座って神様のお話を聞いてました。

シエル様の話では、ぼくはシエル様が創った世界に転生させてもらえるらしい。

そこは、日本のアニメや漫画などを真似《まね》て創った剣と魔法の世界、ファンタジーな世界なんだって。

ぼくも夜遅くテレビでアニメとか見てたから、よく知ってるよ。

「人だけじゃなくて、獣人やエルフ、ドワーフとかもいるし、動物だけじゃなくて魔獣もいるし、神獣もいる。王政の国が多くて……、そうそう、冒険者ギルドもあるんだよー」

楽しそうに自分が創った世界のお喋《しゃべ》りをするシエル様は、まるで子どもみたいにはしゃいでる。

そのシエル様の勢いに、ぼくはクッキーを口に運ぶことも忘れてポッカーンとしちゃった。

「……ぼく、そこで、なにをするの？」

何かお仕事をするんでしょ？　使命っていうのかな？　転生する条件みたいなのがある

んでしょ?

　あんまり難しいと困っちゃうな。ぼく、まだ一〇歳にもなってないから体も小さいし、学校に行ってないから勉強もできないし……。

「何も」

「へ?」

「レンくんは、何もしなくてい一の。僕の世界で幸せになってくれれば、それでい一の」

「え、でも……」

「ん一、どうしても何かしたいのなら、あっちでの目標を授けてあげる」

　ニヤッと人の悪い笑顔で、ぼくの顔にグイッと顔を近づけてシエル様は告げた。

「友達、いっぱ一い作ってよ!」

　シエル様が創った世界には、日本どころか地球にもいない生き物がいっぱいいるらしい。特に全ての生き物を守る存在として、シエル様がそれはそれは気合を入れて創った者たちがいるんだけど……。

「言うこと聞いてくれないんだよねぇ。反抗期?　自立心?　わっかんないけど、最近、冷たい態度でさぁ」

　……神様って愚痴るんだ……。

　ぼくは、そんなシエル様の態度にちょっと気がラクになったので、ジュースとお菓子を口に入れてみた。

おいしい。思わず口がニッコリと弧を描く。

「その子たちだけじゃなくて、人でもエルフでも魔獣でも、友達になりたいって思ったら友達になってごらん。それが、神様からレンくんへの使命だよ」

「……はい」

照れながら返事をすると、シエル様は嬉《うれ》しそうに笑って、どこからか狐《きつね》や狸《たぬき》を沢山呼び寄せた。どうやら日本でのシエル様の神のお使いたちらしい。クルッと宙返りすると愛らしい袴《はかま》姿の幼児に変身して、忙しそうにあちこちへと立ち去っていく。

それから、ぼくはこれから生まれ直す新しい世界へのレクチャーを受けた。シエル様じゃなくて神のお使いの一人から。シエル様は難しいのは勘弁してー、と逃げてしまった。

ぼくは、これから体を作り直すんだって。この体は前の世界仕様だから、いろいろ不都合があるらしい。『カラーズ』仕様の体に変えると、ぼくにも魔法が使えるようになるって！

「新しい体は、今までレン様を愛してくださった方たちの想《おも》いで作ります」

「愛？　ぼくに、そんな人いるかな？」

「……大丈夫ですよ。でもとても幼くなるでしょう。だから、あちらに行かれたら、すぐに保護してくれる人と巡り会えるようにしておきます」

「保護してくれる人？」

ぼくは、生まれ直すわけじゃないんだ。作り直された幼い体で、向こうに渡るんだって。

でも、幼児ひとりで生きていけるほど優しい世界じゃないから、保護してくれる人を誘導しておく、と。

新しいパパとママはできないのか……、ちょっと残念。

「では、よい人生を」

「レンくん、怖くないからね。次は望むままにしたいように、やりたいように生きてね」

「ありがとうございます、シエル様。……また、会えますか?」

シエル様は嬉しそうに微笑《ほほえ》んで、ぼくの頭を優しく撫《な》で、「教会で会おうね」と。

そうして、ゆっくりとぼくの瞼《まぶた》が下りて……。

「ぎゃあ!　なんでなんでなんでーっ!」

「〇〇様!　幼児どころか赤子ではありませんか!　このまま世界を渡らせたら、すぐに次の生も終了しちゃいますよっ」

「えーっ、こんなに想いが少ないなんて……。僕が甘かった……。どうしようか、赤ちゃんひとりじゃ生きていくのは無理だし……、もう少し大きくなるまで、この神界で育てるしかないかなぁー」

「そうしましょう。我々が面倒をみますので、〇〇様はレン様の保護者探しでもしてください」

「うん。保護してくれる人の再検索と……。あいつらにダメもとで頼んでみるか……。ダメだろうけど……」

ぼくは、どうやら幼児じゃなくて、おぎゃあおぎゃあと、泣くしかできない赤ちゃんになってしまったようだった。

「んゆ?」

目が覚めた。

すごく気持ちよく寝てた気がする。ゆっくりと瞼を開けると、目の前に白っぽい大きなワンちゃんと黒っぽい大きな猫ちゃんがお行儀よく座っていたんだけど……。

シエル様?　これ、どういう状況ですか?

パチパチと瞬きをして、よく周りを見てみる。大きいワンちゃんと猫ちゃんはお行儀よくお座りして、ぼくをじっと見てます。

んっと、ぼくとワンちゃんたちの周りは木ばかり。たぶん、シエル様が言ってた「異世界もの」の定番で、ここは森の中なのかな？

ぼくは、立ち上がろうとしてグラグラ揺れる頭の重さに驚いた。

あれ？　バランスが上手《うま》く取れないな……。

ぼく、小さすぎない？　幼くなるって教えてもらったけど、五〜六歳ぐらいって神のお使いの狐ちゃんが言ってたのに、あちこち体の大きさを確認してみるとぼく、三歳ぐらいなんだけど……。

それだけぼくを想ってくれる人が少なかったんだと残念な気持ちを抱えて、慎重にゆっくりと立ち上がる。

よちよちと大きいワンちゃんたちのほうへ歩み寄っていこうとして、頭が重くて前に倒れ……グルンとでんぐり返しで転がって、ビックリ眼のワンちゃんとこんにちは！

思わず「にしし」と照れ笑い。

「あらあら、大丈夫？」

黒い猫ちゃんが、そっとぼくの背中を鼻で押して立たせてくれて、ペロッと頬を舐《な》め労《いた》わってくれる。

「あい！　大丈夫れす。ありゃりゃ」

うー、上手にお喋りもできなくなってるよぅ。困ったな……。

あれ？　ちょっと待って……あれあれ？　今、猫ちゃん喋った⁉

「猫ちゃん……しゃべれるの？」

「ええ、お話できるわよ。アタシはシエル様にアナタの話を聞いて、アナタが目覚めるのをここで待っていたのよ」

優しげに微笑みながら、そう教えてくれた。

すっごーい！　すごいすごい‼　お話できる猫ちゃんだなんて！

しかも、シエル様がわざわざ呼んでくれたんだ……、それって「お友達」候補なのかな？

お友達……なりたいな。

グルンと勢いよくワンちゃんへと顔を向ける。もしかして……ワンちゃんも喋れるの？

「あのぅ……ワンちゃんは？」

「ああ？　オレは犬ッコロじゃねぇぞ！　誰がお前みたいなガキの面倒みるもんか！　あ、イテテテ」

ガウッガウッと大きなお口で怒鳴るように拒否されました。

ワンちゃんはぼくに怒鳴ったあと、猫ちゃんの猫パンチを連打でお尻に受けて、飛び上がって痛がってるけど……。

あれれ、ワンちゃんは「お友達」候補じゃないの？

「犬と変わらないでしょ。ここまで来て往生際が悪いわよっ。まぁ、どうしても嫌なら帰りなさい。アタシ一人でこの子の面倒みるから！」

「誰が帰るって言ったぁ！　べ、別にオレは、どうしてもって言うなら……その……」

「もじもじすんな！　どうせシエル様に弱み握られて脅されて来たんでしょ。いいわよ、帰って。シエル様にはアタシから話しておくから、はいはい、さようなら」

猫ちゃんがワンちゃんの体をゲシゲシ、後ろ脚で蹴ってます。痛そうです。でも、それより……。

「ワンちゃん……帰るでしゅか……。しゃよなら……でしゅか」

しょぼーんと俯《うつむ》いてしまうぼく。やっぱり、ぼくなんか……誰も仲良くしてくれないのかな……。新しい世界《ところ》でもダメなのかな……。

ぐすぐすっ。

「わー、泣くな！　泣くな！　俺だって、頼まれて受けたことはちゃんとやる！　お前の面倒ぐらい、俺一人でみてやるぜ！」

「ほんと？」

「ああ」

なんかすごい必死な顔つきでウンウンと頷《うなず》くワンちゃん。隣の猫ちゃんはいい顔で笑っています。

二人とも、動物なのに表情がとても豊かですね。

「よかったでしゅ」

ぼくもひと安心。ニッコリと笑ってみせると、ワンちゃんと猫ちゃんの周りにほわほわとした温かい光が飛び回り、すぐに消えてしまいます。

「んゆ？」

こてんと首を傾《かし》げるぼく。なんだろう、今のは？　でも、胸がポカポカ、あったかい気持ち。うふふふ。

「さて、アタシたちはシエル様の……まあ、眷属《けんぞく》みたいな者ね。聖獣レオノワールとあっちが神獣フェンリルよ。よろしくね」

猫ちゃん、じゃなくて聖獣レオノワールがぼくの頬に鼻をスリスリ。反対の頬にはワンちゃん、じゃなくて神獣フェンリルがペロリとご挨拶。

「はい、よろちく」

ペコリと頭を下げます。おっとと、また体のバランスを崩してよろめいちゃった。

てへへへ。

とりあえず、この世界に転生してすぐに神獣フェンリルと聖獣レオノワールと出会えました。

これからも一緒にいてくれるから、ひと安心。

神獣フェンリルは、ぼくが住んでいたアパートの前を散歩していたおばさんが連れていた柴犬のタロよりも大きい。倍以上大きい。大型バイクぐらい大きい。

白っぽく見えてた体毛の色は、キラキラ輝く白銀色《しろがねいろ》だった。ふさふさと生えていてちょっと長い毛。脚はどっしり大きくて、とってもカッコいいです！

聖獣レオノワールは……なんだろう？　ネコ科の動物だと思うんだ……。でも猫ちゃんと違って耳が三角耳じゃなくて丸いの。

んー、虎とか豹《ひょう》とか……黒豹？　みたい。顔も狼《おおかみ》のフェンリルより丸みがあって、黒っぽい毛は紺色？　紫？　……艶々してとってもキレイ。短毛でスベスベしてそう。

体の大きさはフェンリルと変わらないけど、しなやかな柔らかさを感じる。

「……んー」

「どうしたの？　さっきから難しいお顔よ？」

二人とは仲良くなりたい。この世界で初めて会った二人。ずっと一緒にいてほしい。

つまり、「お友達」になりたいの！　でも、二人のこと「フェンリル」と「レオノワール」って呼ぶのは変じゃない？

ぼくを「人間」って呼ぶのと同じだよね？

「ふたりには、おなまえにゃいの？」

神獣フェンリルと聖獣レオノワールは互いに顔を見合わせて、フルフルと首を横に振る。

「ねぇよ、名前なんざ。なに？　お前、俺たちに名前でも付けようって……」

「いいの？　ぼくが、おなまえ、いいの？」

「……お、おう。付けられるものなら付けろよ……。たぶん、無理だが……イテッ」

また、神獣フェンリルのお尻が聖獣レオノワールに叩かれた。

レオノワールはちょっと困った顔でぼくを見てる。

待ってて、お名前考えるから！

神獣フェンリルは……銀色の毛に冴《さ》えた青の目の色。アオ……。ブルー……。

うーん、あっ、そうだ。じゃあ、聖獣レオノワールの名前も同じように付けたほうがいいかも！

ママのお友達だった優しいおじさんに買ってもらった本に書いてあった、いろいろな色の名前が頭に思い浮かんだ。

レオノワールは……黒？　紫？　の毛と淡い黄緑色の目。うーん、やっぱり毛の色かな？

ぼくは、ビシッと神獣フェンリルを指差して「しろがね！」、今度は聖獣レオノワールを指差して「しこん！」と叫んだ。

そうしたら、ぼくの胸の中から金色のリボンがシュルルルと伸びて、白銀《しろがね》こと神獣フェンリルと、紫紺《しこん》こと聖獣レオノワールの首に巻きついてリボン結びになって、ポワッと光って消えちゃった。

なんだろう？　でも、なんとなくふたりのこと、もっともっと大好きになっちゃったみたい。

「……嘘《うそ》、だろ」

「アンタが、名前を付けろって言ったんでしょ。でも、まさか……。シエル様からこの子にこんな力があるなんて、聞いてないわよ」

「……おなまえ、イヤだった?」

二人が喜んでくれない。

むしろ、戸惑ってるみたい。

お名前が嫌だったのかな?

「あー、違う違う。お前が神聖契約なんてするから、驚いただけだ」

「しんしぇいけいやく?」

「アタシたち、神獣聖獣と結ぶ契約のことよ。魔獣に対して行う従魔契約みたいなもの。私たちの主《あるじ》がアナタになったってことよ」

「……あるじ……」

そ、それは友達じゃないよね?　あれあれ?　ぼく……友達になりたかったのに、間違えちゃったの?

う……。

「わーっ、なんで泣くんだ!　俺たちに名前を付けられたんだぞ!　それなのになんで泣くんだよっ。ふつー、俺たちに名前を付けられる強い力を持ってる奴《やつ》なんていないのに。泣くな!　喜べ!　俺たちの主人になったんだぞ!」

「びゃあああ。ちゅじん、やーの。ともだち、ともだちなのー」

えぐえぐっと泣き出してしまう、ぼく。

泣きながら、自分でもビックリだ。こんなに大きな声を上げて泣いたことなんて、ない。

静かにしないとママやママのお友達に痛いことを沢山された。泣いても誰も助けてくれないことも知っていた。

なのに、なんでこんなに泣いちゃうの？

もしかしたら、体に心が引きずられているの？　だってぼく、三歳になっちゃったんだもん。

だから、我慢できないの？

「ほらほら、泣きやんで。アタシとお友達になりましょ。紫紺って素敵な名前ね。アタシは気に入ったわ。これからは紫紺って呼んでね？」

ポロポロと零《こぼ》れるぼくの涙をペロペロと舐めてくれる、紫紺。

ひっく。友達になってくれるって……。嬉しいな。

なんか、泣いて無理やりになってもらった気もするけど……。

「あい。ともだちれしゅ。ぼく、レン」

「レン。ほら、泣きやんで。ここは森の中なんだからいつまでもいたら危ないわ。人のいる街まで行きましょう」

うん。うん、もう泣きやむよ。そうしたら、森を出て街に行って……。

「レン。俺も友達でいーぞ。白銀って呼べよ」

ふぁさ、と目の前に自分の尻尾を差し出して、白銀が言う。

ぼくは、泣き笑いながらそのふさふさな尻尾を抱きしめた。

「あい。よろちく」


プラプラ、左右に揺れる小さな体。

「アタシたちだけで人の街に行ったら大騒ぎになるから、シエル様が選んだ人族の保護者と会ってから行きましょうね」

「あい」

シエル様は、白銀と紫紺以外にもぼくの面倒をみてくれる人を選んでいてくれたようだ。

ありがとう、シエル様。

でも保護してくれる人はぼくのことを知らないんだって。知らないのに、保護してくれるの?

前の世界でもそういう組織や施設はあったけど、そういうお仕事の人なのかな?

「向こうもアタシたちの魔力を感じて、この森に入ってきてるから、すぐに合流できるわよ」

「あい」

プラプラ揺られながら、素直にコクンと頷く。

ぼくと会う前に、白銀と紫紺はわざとその強い魔力を放出して「森に異変あり」と間接的に人の街に住まう人々に知らせたらしい。

魔力を感じてその力を測ることができる人にとっては「なんかヤバい魔獣が出た！」とわかるそうで、そうなったらそれなりに力のある人が調べに森に来ることになる。

「シエル様に選ばれた本人か選ばれた人に近しい人が調べに来るでしょ。レンを守るのにいろんな意味で強くないとねー。力も権力もない人族だったら、こっちが大変だわ」

紫紺の足取りは軽い。ルンルンって感じ。

反対に白銀は黙ったまま。

そうだよね。だってぼくの首元の服を嚙んで、ぼくを運んでるんだもん。喋れないよね？

だいたい、三歳の体のぼくが歩ける距離なんて僅かなものだ。すぐに疲れちゃうし、頭が重くて歩きにくいし。

それで、白銀の背中に乗ったんだけど……バランス悪いし白銀も動くし……コロコロ転がって落ちちゃうんだ。

それで紫紺が猫の子のように咥《くわ》えたら？　って言ってこうなった。

ぼくは楽しいよ。

ブランコで遊んでるみたい。

でも、白銀は情けない顔をしているらしい。紫紺が意地悪そうにニヤニヤ笑ってからかってたからね。

「あ……。魔獣がいる。あー、あっちと当たったわ……」

え？　魔獣って強いの？　その人たち大丈夫？

「急ぎましょ。たぶん大丈夫だと思うけど、念のためにね」

紫紺は、軽快にタッと走り出す。白銀も後を追うように走り出した。

ブラーンブラーン。ぼくの体の揺れが左右に大きくなる。

「きゃは。ははは」

なんだか楽しくて、はしゃいだ声で笑ってしまうぼく。

えー、中身が九歳のぼくとしては、そんな自分が少し恥ずかしい……、でも楽しい。

木々の中を走り抜けたぼくたちは、森が開けた場所が見えるところで足を止めた。

四～五人の剣を持った騎士たちと、大きな生き物が睨み合っている。

あの魔獣って……。

「あら、ビッグバードね」

「たいしたことないな」

……ニワトリみたい。大きな白い体にやや短い翼を左右に広げて、頭には赤い鶏冠《とさか》。

「コケッコー、コー！」

威嚇で叫んだ鳴き声も、ニワトリだ。

大きさはアレだけど、見慣れているせいか、全然怖くない。

でも騎士さんたちは、じりじりと魔獣を囲んで慎重に攻撃しようとしている。

「面倒だわ。早く倒しちゃいましょ」

紫紺は、クイッと右前脚を動かした。

どこからか、風の音がする。

魔獣の足元からつむじ風が起きて、段々と大きく膨らんでいく。

あれ、竜巻になるんじゃ……と心配してたら、あっという間に魔獣を飲み込む竜巻に育って、魔獣を囲んでた騎士さんたちは姿勢を低くして強い風圧から自分の身を守っている。

ぼくが、あんぐり口を開けて驚いてると、唐突に竜巻の風は収まって、錐揉《きりも》み状態でビッグバードが落ちてきた。

しっかり首も落とされている。

「わあああぁ」

すごい。それって、紫紺がしたの？　魔法なの？

「風魔法よ。首も落としたから血抜きもできるでしょ」

ふふんと得意そうに言う紫紺がかわいい。

ぼくは褒めるように紫紺の体を撫でた。ふわぁっ、スベスベで気持ちいい。

「お、俺だってあれぐらいできるんだぞ！　雷で一撃で倒せるんだぞっ」

なんか、白銀が紫紺と張り合っているけど……、雷は今度、見せてね。

今は、ぼくたちを不審げに見て剣を構えてる騎士さんたちをなんとかしてほしい。

ぼく……向けられてる剣が怖いの……。刃物をぼくに向けないで……。

じわっと涙が滲《にじ》む。

ママ……。

ママの握ってたアレ。

ぼくに振り落としたアレを思い出すから……。

ぼくに剣を向けないで……。

ガアアアアァァァァァァッッッッ!!

白銀が、ぼくの前に守るように立って、騎士さんたちに向かって吠《ほ》えた。

ぼくの視界から剣の先が消えた。ほうっ、と息を吐いて白銀の揺れる尻尾を抱きしめる。

「引け！　引くんだ！　……俺たちじゃ、勝てない相手だ……」

一人の騎士さんが皆の前に出て指示を出すと、クルリとこちらを向いて、片膝をつき頭を垂れた。

「私は、ブルーベル辺境伯領の騎士団、団長ギルバート・ブルーベル。部下の失礼、お詫《わ》び申し上げます」

んん？　なんか難しい言葉を言い出したけど、なんで？

スッと紫紺が前に出て、少し低めの声で応える。

「アタシたちは古くは神の子、生きる者たちの保護者……と言えばわかるかしら？」

ザワザワと騎士さんたちが騒いで、慌てて団長さんと同じように片膝をついて頭を下げたよ？

「神獣様と聖獣様……。此度《こたび》は魔獣を倒していただいたにもかかわらず、剣を向けるなど……誠に申し訳ございません」

団長さんは両膝をついてさらに頭を下げた。

あれ、土下座じゃないかな？　したことあるけど、している人は初めて見た。

クイクイと白銀の尻尾を引くと、白銀がこっちを向いてくれた。

「どうして、あのひと、ごめんなさい？」

「レンに剣など向けたからだ。許せないなら……やっちまうぞ」

ブルブル。

そんな怖いこと言わないで。

ぼくは、もう大丈夫。

ああいう場面で騎士さんたちが、不審なぼくたちに剣を向けるのは正しいことだよ。単に、ぼくのトラウマが悪いんだ。

そう、舌足らずながらも必死に説明すると、白銀は鼻に皺《しわ》を寄せて、つまらなさそうにフンと鼻を鳴らした。

もしかして、暴れたかったのかな？

雷を見せてくれようとしたのかも……、でも人に雷が落ちるところは見たくないかなー。

「レンが許すと言っているから、頭を上げよ」

「レンが許すならアタシも許すわ。でも、レンに何かしたら……ふふふ」

いやっ、紫紺、怖い笑い方しないで！

ちょっと思っていたけど、紫紺って同じアパートに住んでいた綺麗なオネエさんと似ている！

優しくていい匂いがしてすっごく綺麗な背の高い人。ママと同じ夜の仕事なのに、お昼に会ってもちゃんと綺麗な恰好《かっこう》をしていた。

ぼくと会うと頭を撫でて、お菓子やパンやおにぎりをくれた人。ぼくのことでママとよくケンカしてた、オネエさん。

もしかして、紫紺も？

団長さんは白銀の後ろに隠れているぼくを見ようと、体を伸ばしてキョロキョロ。

「レン……どのとは？　子どもがいたのは見えたのですが……」

ひょこと顔を見せる。

ぼくを見て団長さんは目を丸くして驚いていた。

団長さんは座っているから体の大きさはわからないけど、カッコいい銀色鎧《よろい》の騎士服を着て片肩に赤いマントを羽織っていた。

腰には剣を携えて黒い革の長靴が長い脚を強調しているみたい。

お顔もカッコいい。王子様のような明るい金髪に澄んだ碧《あお》い眼《め》。外国人のような彫りの深い凛々《りり》しい顔立ち。

「そのお子様が……レンどの？」

「……」

ぼくは無言でペコリと頭だけ下げる。

知らない人は少し怖いんだ。

白銀の尻尾にぎゅっと抱き着いて、そろそろと近づいていく。

「ねぇ、ブルーベル辺境伯領って言ったかしら。ここから近いの？」

「はっ。ここはブルーベル辺境伯領と隣接してますハーヴェイの森です。ここはまだ森の浅いところですので、ブルーベル辺境伯領の街まで馬で半刻ほどで着きます」

「ふーん、じゃあ、そこに行こうかしら。アンタたちはそこに戻るんでしょ？　アタシたちも連れていきなさい」

「へ？」

団長さんは、イケメンなのに口を開けた残念な顔で呆《ほう》けてみせた。


焚火《たきび》の火がチロチロと赤く燃えている。

人間って燃えている火を見ると、なんだか落ち着くんだね。初めての経験です。

ぼくは学校に行ってないし、ママがああだったから、キャンプとかバーベキューとか経験がないんだけど、テレビで見て知ってたから、こういうの憧れてたんだ。

ぼくの知識はすごく偏っていると思う。

小学校に上がる頃は、ママのお友達は優しいおじさんだった。ランドセルも入学式用のお洋服も買ってもらった。教科書もあったし、おじさんは辞書と図鑑も買ってくれた。

でも、おじさんが来なくなって、学校にも行けなくなって、ぼくはテレビを見て言葉と文字を覚えなきゃならなかった。ママのいない時間、ニュースを見て教育番組を見てアニメやドラマを見て、いろんな知識を蓄えていったけど、足りないものもいっぱいあると思うんだよね。

だってママはぼくのこと、グズとかバカとか呼ぶんだもん。

「レン、スープができたぞ」

白銀がぼくの隣にストンと座る。

でも、スープを持ってきてくれたのは白銀じゃなくて団長さんです。

「ありあと」

ちゃんとお礼を言いたいけど、噛み噛みの言葉になっちゃう。その度にぼくの恥ずかしさがじわじわと……。

なので幼児らしくカタコトで喋ります。ごめんなさい。

紫紺もぼくの隣に座る。団長さんともう一人の騎士さんは反対側に座ってスープを食べ始めた。

「レン、大丈夫？　一人で食べられるかしら、熱いから気をつけてね」

「あい」

ぼくはコクリと喉を鳴らして、スプーンを手に持ってフーフーと息を吹きかける。

もらったのは具沢山のスープだった。お肉も入ってるけど……この肉ってあのニワトリもどきの魔獣のお肉なんだって。

いやー、異世界あるあるだけどね、魔獣の肉が食用って。

「はむ」

んー、あったかくて美味《おい》しい。

野菜も甘くてお肉も臭くない。なによりも、誰かが作ったちゃんとしたご飯は久しぶりだ。

それだけでニコニコしちゃう。

ぼくが食べたのを見て、白銀と紫紺も皿に盛られた焼いたお肉を食べ始める。

な、生肉じゃなくてよかった。

「ところで、レンどのを連れてブループールの街へ行きたいというのは……」

「レンを保護したのはいいけど、アタシたちと一緒に森で過ごすわけにはいかないでしょ。人の子は人の街で育てないと。だから、近い街に行くつもりだったのよ。アンタ、ブループールの街は子どもが育つのに都合の悪い治安の悪い街なの？」

「いいえ。ブルーベル辺境伯の領主邸もある街で、我ら騎士団の本拠地でもあります。治安はいいですが……辺境領ですので、この森も魔獣が多く危ないですし、海に面したところは隣国への警戒も必要ですし……安全かと言われると……」

げふっと白銀が大きな塊肉を平らげて、ペロペロ毛づくろいしながら言う。

「構わん、俺たちも一緒だ。魔獣も隣国の兵も問題にならん」

「えっ……」

「なんだ、俺たちが一緒だと嫌なのか？」

白銀の意地悪な問いかけに、団長さんと騎士さんは激しく首を左右に振って否定する。

紫紺たちの話で、ぼくは森で保護した迷子扱いになっている。どうやら団長さんは、ぼくが捨てられた子どもと思って同情してくれてるっぽい。

それでも、せいぜい保護したぼくを安全なところに連れていくだけで、紫紺たちがぼくと一緒に街で生活するつもりとは思ってなかったんだろう。普通の魔獣だったら従魔使い《テイマー》の従魔として街で生活しているらしいけど、紫紺たちは自分たちがやんごとない存在ってみんなにバラしちゃったもんね。

「孤児は教会併設の孤児院で保護されます。そこに……神獣フェンリル様や聖獣レオノワール様もご一緒にとは……難しいかも……しれません」

語尾がどんどん小さく弱々しくなるのは、白銀と紫紺の目つきが段々キツくなっていくから。

んー、でも困ったな。

ぼくは白銀と紫紺と離れたくないし。孤児院ってみんなと共同生活でしょ？　ぼく……馴染《なじ》めるかな？

ちょっと、しょんぼりした顔をしてしまったぼくを見て、白銀の機嫌がますます悪くなる。

「ガォッ。俺は、レンと離れないっ。もういい、俺とこいつとレンとで三人で住む！　誰にも邪魔させないからなっ」

「そうねぇ。三人で生活したほうがいいかしら。冒険者になって魔獣を狩って狩って狩り尽くせば、お金も手に入るし安全にもなるし……いいわね」

キラーンと紫紺の目が光る。

狩りをする野性の本能なのか、それともお金の魅力なのか……。

「待って、待ってください。さすがにそのお姿で幼児のレンどのと一緒にいるのは……マズイのでは……」

白銀と紫紺はお互いの顔を見合わせて、ひとつ頷くと立ち上がる。

「どうちたの？」

「レン、見てろよっ」

白銀と紫紺は団長さんと騎士さんたちのほうへ行き、二人のことをジロジロと見る。見る。見回す。

そして、ウンウンと満足そうに頷き、ぼくのほうへ戻ってきて……。

「あれ？」

二人の体をもくもくと白い煙が覆っていく。

もくもく。もくもくもくもく。

真っ白で二人が見えなくなってしまう。

「しろがね？　しこん？」

サアーッとどこからか風が吹くと、白い煙はたちまち霧が晴れるように消えてしまった。

そして、そこに見慣れない二人の騎士さんが立っていた。

「んゅ？」

誰……なの？　いや、誰かはわかっているけど……本当に？

白い煙とともに現れた謎の騎士さんその一は、銀色に輝く長髪をあちこちにはねさせて、見るものを凍らせてしまいそうなアイスブルーの瞳。しかも切れ長の目を飾るのは銀色のふさふさ睫毛《まつげ》。整ったお顔もどこか厳しくて冷たい印象なんだけど……クッと片方を歪《ゆが》めた薄い唇とドヤッとしたやや上げられた顎を見ていると、かわいいなと思う。

背も随分高い。ぼくが縮んだせいもあるけど、騎士団の中で一番背の高い団長さんよりも高いよ。細身だけど骨太でがっしりした手足の長い……素晴らしいスタイルですね！

騎士さんたちと同じ騎士服を着崩してるのに、なんだかすごい迫力でカッコいいです。

もう一人は真っ直《す》ぐの黒いような濃い紫のような髪を頭の上でひとつに括《くく》ってる性別不明な人。猫目は明るい黄緑色で白い肌にやや厚めの赤い唇と口元に黒子《ほくろ》がある……綺麗な人。ニッコリ笑顔だけど、ちょっと怖い笑顔だなー。

みんなと同じ騎士服を着ているけど、なんか裾に刺繍《ししゅう》が施されていて、シルバープレートの騎士鎧と違って全部黒色で揃《そろ》えている。

革の長靴がヒールなんだけど……。ヒールを入れても背は団長さんよりやや低いぐらいで、細身の体はしなやかな鞭《むち》のよう。ん、やっぱり手足は長いんですね！

ぼくも大きくなったら、背が高くて手足が長いカッコいい人になりたいな。

「どうだ〜レン。カッコいいだろう?」

銀髪の騎士さんがぼくにそう問いかける。

「しろがねー、しゅごいねー。かっこいい」

「そうかーそうかー!」

むふっと満面の笑顔、いただきました。

ヒョイとぼくの体を抱き上げて、紫髪の人が頬ずりする。

「あー、かわいい。レンのほっぺ、やわらかーい」

……。やっぱり、紫紺はオネエさんでした。声が低いのもそうだけど……喉仏があるのが……ちゃんと見えました。

白銀とは、タイプの違う男の人……キレイなオネエさんです。

「しこん。すっごく、キレーイ!」

「ほんと?　嬉しいわー」

きゃいきゃい三人ではしゃいでたら、団長さんの弱々しい声が……。

「まさか……人化できるのか……」

周りの騎士さんたちも「まさか」「うそだろっ」とややパニック状態です。

え、神獣や聖獣が人化できるのは、異世界あるあるなんだけど?　こっちの世界の人は知らないのかな?

「余計にマズイじゃないかっ!」

「……なんでよっ」

「……お二人が冒険者になれば、間違いなく生活に困らない金銭は稼げます！　でも依頼中にレンどのはどうするんですかっ！　預けるんですか？　連れていくんですか？　それよりも！　急に現れた強い冒険者は目立つんですよっ！　お二人のように容姿にも恵まれていたら、絶対に妬まれます！　そのとき、危害を加えられるのは貴方様たちではなく、か弱いレンどのになるんですよっ！」

へ？

ぼくは団長さんの言ったことを繰り返し考える。

確かに二人が冒険者になったら強いと思う。いきなり高ランク魔獣討伐依頼もこなせるだろう。いや、低いランクの冒険者には依頼は受けられないけど、二人なら問題なく倒しちゃうだろう。それって新人冒険者のすることじゃないから、目立つよね？

冒険者の中にはなかなかランクが上がらず焦ってたり、自分の実力を見極めてやさぐれてる人がいるのは、アニメや漫画でもよく見たし……。そういう人にとって二人みたいな冒険者って……鼻につくよねー。

そして嫌がらせしても嫌味を言っても、二人は気にしないだろう。態度も不遜だろうし……。

ああ……確かにそういう人たちの攻撃が一番弱くて、二人が大事に守ろうとするぼくに向かうのは納得できるなー。そうなったらぼくから目が離せないから、危ない依頼でも連れていくしかないけど……。

「……ぼく、いたいの、やー」

せっかく、生まれ直したのに、また誰かに叩かれたり蹴られたりするのは嫌だな……。言葉でも傷つくし……。二人はぼくを守ってくれるだろうけど……そんな荒々しい環境はちょっと嫌……かも。

しょんぼりしたぼくに、二人は慌てる。

「だ、大丈夫だ！　絶対に俺が守るから。お前に何かしたら永遠に消してやるし、そんな街も潰すし、なんなら国ごと消滅させてやる！」

「そうよそうよ！　もう、国ごと潰してレンを王にしちゃえばいいんじゃないの？　そうしたら、誰も痛いことなんてしないわよー」

「や、やめてくださいっ。そんな簡単に国を……」

「「うるさいっ!!」」

……ぼく、王様は嫌だな。友達できなさそうだし……、お仕事難しそう。

「ぼく……ふつうがいいの」

普通が一番難しいんだけど……、二人が一緒にいてくれて、朝起きてみんなとご飯を食べて、あ、ご飯はせめて一日に一食はちゃんと食べたい。おやつもあったら嬉しいな。学校……は無理でも、お勉強したり、スポーツしたり、お友達と遊んだりして、夕方にちゃんとお家《うち》に帰って。夜は寝る前にお風呂に入って布団で寝たいな……。

褒めてくれなくてもいいの、抱きしめてくれなくてもいいよ。ちょっとしたことなら我慢できるよ？

でも、痛いことは嫌だな……。

ところどころ、噛みながらそう話すと、二人と騎士さんたちはお目々をうるうると潤ませて、頭やら肩やら背中を撫でてくれた。

どうしたの？

「本当は領主邸に預かってもらうのが一番いいんだが、あいつのところは今は事情があって奥さんと子どもが不在でな……。戻ってくるまでは俺のところで面倒をみよう」

ずずっと鼻を啜《すす》りながら団長さんが、ぼくを抱っこしながら言った。

「だ……団長。よろしいのですか？　そのぅ……坊ちゃんが……」

「ああ。話せばわかってくれるだろう。誰か先にブループールの街に戻って領主と俺の家に説明しに行ってくれ」

団長さんのお願いに二人の騎士さんがハッと返事して、馬に飛び乗りパッカラパッカラと去っていく。

わー、お馬さんに乗るのカッコいいなー。ボケッと見送ってたら、団長さんがぼくの顔を覗き込んで。

「すまないが、しばらくウチにいてもらうぞ。その間にブループールの街に慣れればいい。お二人も、その間に街にというか……人の世界に慣れてください」

「「……」」

やや気まずそうに頷く二人。ぼくは、小さくなった手を二人へと伸ばす。

「いっちょ。しろがね、しこん。ずっと、いっちょ」

照れ笑いしながら、白銀と紫紺はぼくの手を強く優しく握ってくれた。


ぼくは、団長さんと一緒にお馬さんに乗ってブループールの街へ向かっています。

ぎゅっと太い腕でぼくの体を支えてくれる団長さんは、騎士さんらしく鍛えられた逞《たくま》しい体をしていて、ぼくは初めてのお馬さんとの移動を楽しんでいるんだけど……。

白銀と紫紺の二人は不機嫌そうに獣姿でお馬さんと並走している。

ぼくが団長さんと一緒にお馬さんに乗るの、反対してたもんなー。

でも、白銀の背中に長い間は乗ってられないし、紫紺の背はツルツルスベスベの毛でずっと座っていることもできないんだもの……しょうがないよね。

人化してぼくと一緒に馬に乗る！　て白銀は言ったけど、神獣フェンリルを背中に乗せられる馬はここにはいなかった。すっごく嫌がられるけど同じ神獣聖獣仲間の馬か、強い馬の魔獣のリーダーなら乗せられるけど、普通の軍馬じゃ怯《おび》えられて無理らしい。

わかる、ぼくはお馬さんの気持ちがわかるよ……。神獣や聖獣なんて、桁違いの存在だものね。ぼくにとっては、とってもかわいい二人だけど。

だから、ぼくから白銀と紫紺にお願いして別々に移動してるんだけど……、二人の機嫌はなかなか直らない。

「むぅー」

ぼくのお口もへの字に曲がっちゃう。

「もうすぐ着くから。そうしたら白銀も紫紺も機嫌を直してくれるだろう」

団長さん……ギルバートさんは快活に笑ってそう慰めてくれる。

ギルバートさんは白銀たちに言われて、ぼくのことは「レン」、白銀と紫紺にも敬称を付けないようになった。すごく絶望的な表情をしていたけど、これからしばらくの間、一緒に過ごすなら堅苦しいのは嫌なんだって。ぼくもそう。だって、ただの幼児《子ども》だもん。

気軽に「レン」って呼んでほしいな。

「さあ、見えてきたぞ。あれがブループールの街だ」

森の左右の木々が開け、広く草原が続く向こうに大きな石壁が見えた。あれは侵入者や魔獣を阻む城壁みたいなものだろう。人が集まっているところは、行き来する門があるところだと思う。

「わあああっ」

どういうところかな？

なんとなく、異世界あるあるの中世ヨーロッパ的な世界だと思うんだけど、前の世界でも外に出ることがあまりなかったせいか、胸のワクワクが止まらないっ。

「止まれ」

ギルバートさんが命じると、他の騎士さんたちも馬を止める。

「……すみません、白銀と紫紺。そのぅ……その姿を隠すというか、他の姿になるというか……できますか？」

「なぜ？」

「その……神獣聖獣を連れて街に入るのは些《いささ》か問題があるので、失礼ですが他の魔獣ということで誤魔化したいのです」

ギルバートさん、呼び方は直せても丁寧に喋るのは直らないね。

「……他の魔獣って言ってもねぇ。アンタ、ウルフ系の魔獣になれる？」

「は？　無理だろう。いくら俺がウルフだって言っても、このオーラは消せん！　フェンリルだからなっ」

白銀、偉そうに言うことじゃないと思う……。

だいたい、ウルフですって宣言する魔獣なんていないの？　喋ったらダメじゃない。

「そうね。アンタは無理よね、バカだから。他の魔獣の姿は無理でも体の大きさは変えられるわよ。ほら」

紫紺は白銀にチロリと冷たい視線を向けたあと、シュルルルと体を縮めた？　小さくなった？　ぼくより小さい？

「ふわわわわっ。しこん、かわいい」

抱っこしたい。抱っこと、馬に乗ったまま紫紺へと手を伸ばす。

馬から落ちると思ったのか、ギルバートさんがしっかりとぼくを抱っこした。

うー、ぼくが紫紺を抱っこしたいのにぃ。

「お、俺だってできるぞ！」

白銀が焦ってそう叫ぶと、紫紺のようにシュルルルと体を小さく変化させた。

「うわあっ、しろがねもかわいい」

ちょこんとお座りしてぼくを見上げる二人。

あー、悶《もだ》えたいぐらいにかわいい！

「これなら、魔獣の子ども……。いや、普通の犬猫でもいけるか」

ふむ、と顎に手を当ててギルバートさんが考えると、後ろにいる部下の騎士さんに白銀と紫紺を馬に乗せるよう指示を出した。

「ヒ、ヒヒーン！　ヒン」

あれれ？　馬が怯えて後退《あとずさ》りしていくよ。騎士さんが白銀たちを腕に抱いたまま逃げる馬を追いかけるけど、お馬さんの腰は完全に引けてます。

白銀たちは小さくなっても威圧感はそのままだから、ダメなんだ。思わず乾いた笑いが出ちゃう。

いろいろ試してみた結果、ぼくが乗ったお馬さんに乗せることになりました。直接じゃないよ？　二人はギルバートさんの肩に乗ってるの。

「イタタ！　爪を立てないでください！」

「俺じゃねぇよっ」

「アタシも違うわよ」

……もうちょっと、仲良くしようね。

ぼくたちは、旅人や商人たちが使う通常門じゃなくて、騎士たちの緊急出動用の門から街へ入りました。

門番の騎士さんとギルバートさんが二言三言やりとりをしたあと、ぼくたちは敬礼とともに迎え入れられる。

門から街に入ると、まずは広い平地に川が流れている。その川に架かった橋を渡って、しばらく鶏小屋や牛小屋などの家畜小屋をいくつか過ぎて、もうひとつの門をくぐると、ブループールの街並みがようやく迎えてくれる。

森はうっすら暗くて時間がわからなかったけど、今は日が暮れて薄闇が覆い始めるとき、通りの左右に並ぶ店の前にランプの灯《あか》りが輝き始めるときだ。仕事を終えた人たちがあちこちから湧いて出て、屋台やお店へと足を進めていく。

騒がしくも穏やかな時間。

「うわあああっ」

ぼくはギルバートさんに体を支えてもらいながら、右に左に興味を抑えられずにキョロキョロ。

石造りの家に肉串や焼きそば？　みたいなジャンクフードのお店。お酒が飲めるお店の前には、エプロンをつけたお姉さんたちが呼び込みをしている。

「人が多くなったから、道を変えるぞ」

馬首を右に向けて、大通りより一本逸《そ》れていく。

「おおーっ」

今度はショーウィンドウのあるお店ばかり。

洋服屋さん、武器屋さん？　宝飾店や道具屋さん……。んー、一店ずつゆっくり見ていきたいっ。

「ははは。落ち着いたら街案内をしてやろう。それまでは待っててくれ、レン」

「あい」

大人しく待ってるから、絶対に案内してね！　待ちきれない衝動で足がバタバタ動いちゃうよ。

「ほら、ここからは貴族や辺境伯の分家、大きな商会などが住む区域だぞ」

それまでは、街の人がギルバートさんたち騎士さんに気軽に声をかけていたが、ここからは家の門番さんが会釈したり、胸に手を当て頭を下げたりと、接し方が変わった。

……身分制度がある世界だもんね。ぼくも気をつけなきゃ。漫画やアニメ、時代劇ぐらいの知識しかないけど。

いわゆるお屋敷が続く道はやや登り坂になっていて、小高い丘の上にめちゃくちゃ大きな洋館が建っているのが見えた。

「あれが、辺境伯のお屋敷だよ。その右下に広がるのが騎士団の本部と俺の屋敷だ」

指差すほうに目を向けると、三階建てぐらいの学校みたいな大きな建物があった。騎士団の騎士たちのほとんどは寮住まいだって言ってたな。その横にハリウッドスターが住むみたいな大きなお屋敷がある。

「おっきい……」

思ったよりお屋敷は立派だった。

そうだよね、騎士団団長って言ったら高級官僚だもの、大きい家に住んでるよね？　ぼく……大丈夫かな？　迷惑かけずにちゃんとできるかな？

「俺の屋敷には、俺の奥さんと息子がいるのと、使用人が何人かいる。一応、役持ちなんでな、護衛として騎士が交代で就いてくれている」

……大勢、いるんですね。

それって孤児院での集団生活と変わらないのでは？

うっ、緊張してきた。

ぼくのテンションが、段々下がるのに気がついた白銀と紫紺が心配そうに声をかける。

「レン、大丈夫？　嫌なら無理して行かなくてもいいのよ？」

「そうだぞ？　俺とコイツで住むところぐらい用意できるぞ！」

フルフルと首を振るぼく。

なんとなく……なんとなく、ぼくには感じられるの。白銀と紫紺は生活能力がなさそう。

しかも一般常識もズレてそう。

でもしょうがないよね？　神獣フェンリルと聖獣レオノワールだもん。

人の世界の知識なんて必要ないし実践する必要もないもんね。

だから、そんな二人と生活するとなったら、ぼくはとっても心配です。幼児になった今のぼくに、二人のフォローは絶対無理です！

「レン、不安になったか？　家のものは皆、レンに意地悪したりしないぞ？　嫌なことは、すぐに俺に言ってくれ。レンが過ごしやすいように整えるから……」

ぼくは顔を上げてギルバートさんを見る。

イケメンが眉を下げて、ぼくを弱々しく見つめています。

「……じょーぶ。ごめんなちゃい。ぼく、だいじょーぶ」

不安に震える心を押し殺して、頑張ってニッコリ笑ってみせました。

ギルバートさんのお屋敷の門が恭しく左右に開かれます。

馬をゆっくり進めていくと、屋敷の前には……並んでいらっしゃいます。お家の方々と使用人様一同が……お出迎えに並んでいます。

ひえええっ。

ギルバートさんは両肩に白銀と紫紺を乗せたまま身軽に馬から下りて、ぼくの体もヒョイと持ち上げて下ろしてくれました。

おずおずとギルバートさんに連れられて、前に進むんだけど……、皆がぼくを見ていて、ちょっと怖い……。

「無事に戻った」

「ギル、おかえりなさい。無事で良かったわ」

「アンジェ。心配かけた。それと……」

ぼくの背中を軽く押して、アンジェさんの前に。

アンジェさんはギルバートさんの奥さんかな？　綺麗な女の人。

ゆるくウエーブがかかった茶色の髪をハーフアップにして、金色の瞳はランプの灯《あか》りにキラキラしている。

ペコンと頭を下げて、ご挨拶。

「レンでしゅ。よ……よろちく」

ジッと見つめられて顔が真っ赤に染まっちゃうよー。

恥ずかしくてもじもじしてたら、「よろしくね」と柔らかい声で返された。

「レン。僕はヒューバートだよ。よろしくね」

まだ変声期前の高い少年声で明るく挨拶されて、ぼくは嬉しくて「あい！」と大きな声で返事をして固まった。

その人は、ぼくに素早く近づいて自分の膝にぼくを抱き上げてしまったのだ！

「かわいいな。僕のことは兄様と呼んでね、レン。仲良くしようね」

「……あい、に、にいたま」

膝抱っこで向かい合ったまま、ぼくは言われるままに返事した。

ブルーベル辺境伯領騎士団、団長子息ヒューバート・ブルーベルはギルバートさんによく似た金髪で碧い眼の美少年で……車椅子に乗っていたんだ。


なんでこんなことに……?

何度も何度もそう思って考えてみるんだけど、やっぱりわからない。

今、ぼくはギルバートさんの一人息子、ヒューバート・ブルーベル、御年一二歳とベッドで一緒に寝ています。

だから、なんで?

一晩過ごして、朝が来てもやっぱりわからない。

うーんと短い腕を組んで首を傾げて考えてもわからないよ。

「おはよう、レン。百面相はやめて朝の支度を始めようか?」

当の本人、ヒューバート様……あ、すみません、兄様がぼくの頭の天辺にちゅっとキスを落として、呼び鈴を鳴らしメイドさんたちを部屋に入れる。メイドさんや従者さんたちがカーテンを開けたり洗顔の用意をしたり、お仕事をするのをぼんやり見ながら、ぼくは昨夜のことを思い出していた。

ギルバートさんの家族たちと囲んだ豪華な夕食のほとんどを、小さなぼくの胃では食べきることはできなかったが、とても満足してけふっとお腹を撫でていると、ぼくの前にホットミルクを置いてくれた執事さん、セバスティーノさんがギルバートさんに「レン様のお部屋の用意ができました」と告げた。

「そうか。レンも疲れたろう？　誰かに湯浴みの手伝いをさせて、もう休めばいい。明日、改めてこれからのことを話そうな」

優しい笑顔でぼくを気遣ってくれるギルバートさん。

湯浴みってお風呂のことだよね？

お部屋って、ちゃんとしたお部屋をぼくに貸してくれるの？

ぼく、屋根裏とか物置とかでもいいのに。

嬉しくてニコニコしてたら、小さな獣姿の白銀と紫紺が足元にテテテと駆け寄って、てしてしと前脚でぼくの座る椅子を叩く。

「？」

「ああ、大丈夫。白銀と紫紺もレンと同じ部屋を使うといい。ただし……風呂には入ってもらう」

お風呂の単語に紫紺の尻尾はゆ〜らゆ〜ら揺れて、白銀の尻尾はピーンと立った。

白銀……もしかしてお風呂、嫌なの？

「いっちょに、はいる」

だから、大丈夫だよ白銀。綺麗にしてもらおうね。

その後、メイドさんたちに連れられた広い浴室で、いい匂いのする石鹸《せっけん》で隅々まで洗ってもらい、あったかいお湯に浸かって夢心地になり、湯上りのお水を飲んでいる間に魔法で髪とか乾かしてもらった！

「まほー」ときゃいきゃいはしゃいでいると、ふくよかなメイドさんに捕まってあちこちに香油？　を塗られて、足とかを優しくマッサージ。

ううーん、疲れが取れるぅ……かも？

紫紺も綺麗に毛並みを整えてもらい、あれこれ前脚で指示を出して香油とか爪の手入れとかされている。

反対に白銀は乾かしてもらったあと、ブラッシングさえも拒否して、部屋の隅に縮こまってこちらを睨んでる。

そんなに、お風呂嫌だった？　ぼくはとても気持ちよかったよ？

ママと一緒のときはめったにお風呂に入れなかったから。

ピッカピッカになったぼくたちは、セバスティーノ……セバスさんの案内で二階へ。

ぼくたちに用意してくれたお部屋に行こうとしたら、兄様に呼び止められたんだ。

ちなみにヒューバート様を兄様と呼ぶようになったら、アンジェ様、アンジェリカ・ブルーベル様から「母様」と呼ぶようにお願いされた。

えーっ、でもそれは……図々しくないかな？　ぼく、こっちの世界だと孤児だし。

アンジェ様はギルバートさんと結婚する前は子爵令嬢様だったたって。お貴族様のお姫様だよ！　ぼくが「母様」って呼んでいいの？

なのに、戸惑って呼べないぼくに、アンジェ様は今にも泣き出しそうな、うるうるのお目目で「ダメ?」と懇願するんだもん。

ぼく、その姿に負けちゃいました。

「か、かあたま?」

キャーッ!　と叫ばれて、ギュウゥゥと強く抱きしめられてアップアップしてると、スッとギルバートさんが寄ってきて、「じゃあ、俺は父様だな」といい笑顔でおっしゃるから……。

「とうたま……」

半ば諦めてそう呼びました。

白銀と紫紺はそんな大人たちに呆《あき》れてたけどね。

そんなことをよくよく思い出しながら、お部屋に案内してくれるセバスさんの広い背中を見ていたら、階段のところで会った兄様に呼び止められた。

「どこに行くの」

「客間にレン様のお部屋を用意しましたので、ご案内を」

「……セバス。レンは僕の部屋に」

「!」

へ?　なんで?　今日会ったばかりの幼児《子ども》に、なんでそこまでしてくれるの?

「レンはまだ小さい。いくら白銀と紫紺が一緒でも、一人で寝かせるのはかわいそうだ。

しばらくは僕の部屋で一緒に」

「ですが……」

「父様たちは反対しないよ。……レン」

「あい」

「僕の部屋はちょっと狭いんだけど、一緒でいいよね？」

いいけど……。なんか有無を言わさずの雰囲気にビビります……。

またまた、兄様に膝抱っこされてキコキコ車椅子で移動したのは、一階の奥にあるお部屋。

ぼくには充分広いお部屋なんだけど……、ここって使用人さんたちが使う部屋なんじゃないかな？　だってセバスさんとか、あのふくよかなメイドさんの部屋が隣にあるって言うし。父様と母様のお部屋は二階にあるし……。やっぱり、兄様が階段使えないからかな？

「レンは僕と一緒にベッドを使おう。白銀と紫紺は床にクッションを敷き詰めれば大丈夫かな？」

「しろがね？　しこん？　ちいさいの……へいき？」

寝るときぐらいは、元の大きさに戻りたいんじゃないかな？　そうしたら、さすがにお部屋が狭くなるけど……。

「平気よ。このままの姿で休めるわ。ベッドはレンたちが使いなさい」

「ああ。別に寝られるならどこでもいいし。寝なくても平気だし」

「おおーっ」

白銀の寝なくても平気発言は、ぼくの異世界あるある心を満たした！　そうだよね、神獣様だもん。三日三晩死闘を続けても平気だよね！

そうして白銀と紫紺は山盛りのクッションに埋もれるようにして休み、ぼくは今日初めて会った兄様に抱きしめられながら眠りました。

今、兄様はベッドに上半身を起こして、メイドさんに身支度を手伝ってもらっています。

ぼくは、鏡の前に立って、兄様のお下がりの洋服をいろいろと着せ替えられてます。そんなぼくを見て、紫紺が微笑みながらブラッシングを受けていて、白銀は「やめろーっ」と叫びながらメイドさんが持つブラシから逃げています。

鏡に映った自分の顔をしげしげと見つめるぼく。

見慣れた黒髪、黒眼にちょっとがっかりして、前の青白くてカサついた肌が、ペッカペッカに輝いて紅色のふくふく頬っぺたになってて、痩せすぎて気持ち悪かった細い腕や足は、ぷくぷくした柔らかくて短い手足に変わっていたことに胸を撫でおろす。

顔立ちは残念ながら、前のぼくと変わらないみたい。兄様たちみたいな超絶美形家族に平凡顔のぼく……絵面がイマイチで、ふうーっ。

そっと鏡に映ったぼくに触れて、くふふと笑う。

——はじめまして、ぼく。これから、よろしくね。

いっぱいいっぱいお友達を作ってシエル様に喜んでもらわなきゃ。

フンっと気合を入れ直したんだけど……。

なんだか、おかしな家族ができちゃったかな？　と兄様の顔を見つめてみた。

セバスさんやメイドさんたちにてきぱきと給仕してもらいながら、またまた豪華な朝食を平らげて、食堂からみんなでくつろげるお部屋に移動。ふかふかのソファに体が埋もれるぅとジタバタしていたら、隣に座った兄様のお膝にポスンと抱っこされた。

「に……にいたま？」

ぼく、ひとりで座れるよ？

ニコーッと笑顔で無言の兄様……。ダメだ、負けた……。もう、いいや。

コクッとひと口紅茶を飲んだ父様が、ぼくたちやセバスさんたちを見回して言う。

「昨日も説明したが、レンは辺境伯夫人たちが戻るまでここで預かることにした。短い間だがよろしく頼む。それと……そちらにいるのは神獣フェンリル様と聖獣レオノワール様だ。レンの保護者として一緒に過ごされる。失礼のないように」

「白銀と呼べ」

「紫紺よ。アタシたちはこの小さい姿と……」

ボワンと煙。

その煙が晴れると元の大きさに戻った二人。

白銀はフフンと鼻を高くしている。そして、またボワン！

「この人化と、姿が変えられるわ」

白銀と紫紺は、白いシャツに黒いズボンという簡素な恰好で人化した。白銀の銀髪は相変わらずあちこちにはねて無造作だが、紫紺の黒紫髪はゆるくひとつにサイドでまとめられている。

「驚いた……。人化まで……」

「神獣聖獣は大抵、人化できるぞ。敢《あ》えてしない奴もいるけどな」

「そうね。頑固で偏屈な奴が多いのよねぇ」

二人はそのままの姿でソファに座る。

すかさず、セバスさんが紅茶とお菓子を用意した。

さすがだ！

「白銀様と紫紺様はレンの保護者……ですか？」

兄様が白銀たちの正体を知って「様」付けで呼ぶけど、白銀と紫紺は「そのままでいい」と許可を出してくれた。

「そうだな。レンを守ることは使命でもあり、俺らの誓いでもある。俺はレンと友達だからなっ！」

そう！　友達！　いっぱい友達つくらなきゃ。そして、シエル様にご報告するんだもん！

「ところで、レンはやりたいことはないのか？」

父様がぼくにそう尋ねた。

やりたいことは……友達を作ることなんだけど、それ以外に、だって……。

「べ、べんきょー。ほん、よみたい。あと……、あしょびたい……」

「ふむ。絵本はヒューが読んでたのがまだあるな。まずは文字を覚えよう。遊ぶ……玩具を用意するか……」

「旦那様。絵本はございますが、玩具の類は些か少ないかと……。ヒューバート様はあまり玩具は使われなかったので」

「そうだな。必要なものも買い揃えないとな……。ヒューのお下がりばかりじゃ、かわいそうだし」

ぼくは、慌ててプルプルと頭を左右に振った。

なになに、なんの話？　文字を覚えるのは兄様の絵本で充分だし、玩具もあるものでいいし、洋服は裸じゃなければなんでもいいの！

ひとりであわあわと慌てていると、ずっと静かに紅茶を飲んでいた母様がスクッと立って大きな声で。

「お買い物に行きましょう！　洋服もちゃんと採寸して！　新しい絵本もペンもノートも必要だわっ。ああ、玩具も買って、防御魔道具もつけなきゃ！　ギル！　早速、行きましょう！　今日はみんなでお買い物よ。セバス、馬車の用意を」

「はい。かしこまりました」

ええーっ！

街には行きたいけど……ぼくの物を買いにわざわざ行くの？　そ、それは……どうしよう……。ぼくのために、お金を遣わせちゃう……。

「アンジェ……。俺は午後は辺境伯にレンの報告が……」

「じゃあ、ギルは行かないのね？　お昼は外で食べましょうねー」

母様はニコニコとぼくたちが座るソファに移動して、兄様と一緒にアレはあっちに買いに行って、ココでこれこれして、と楽しそうに計画を立て始めている。

父様は、かわいそうに悲痛な顔で愛《いと》しい妻を凝視している。

「旦那様。午後の予定を今からに変更すれば、お昼には合流できるのでは？」

「はっ！　そうだ。そうだな。そうしよう。セバス、辺境伯《アイツ》に連絡を。俺は今すぐ支度して出る！」

「はいはい、かしこまりました」

「アンジェ！　昼には合流するから。そうしたら、午後はみんなで買い物だ！」

「わかったわ。お昼に間に合わなくても、待ちませんよ？」

「う……うむ」

父様はそのままバビュンとお部屋を出ていった。その後をやれやれとセバスさんが続く。

「あ、あのね。ぼく……かう、しなくていーの」

母様と兄様に訴えてみる。

母様は痛ましげに目を細めたあと、ぎゅううっとぼくを抱きしめた。

く、苦しいっ。

「いいの。いいのよ。遠慮しなくて。レンちゃんはもう家族なんだから！」

いや、辺境伯夫人たちが戻られたら、辺境伯のお屋敷に移るんですよね？　そんな、短い間の居候に至れり尽くせりしなくていいですよー。

「母様、レンが苦しがってますよ。レンも遠慮しないで。こういうことでもないと、家族で出かけることがないんだ。付き合ってよ」

「……あい」

ぼくは諦めて、コクリと頷いた。


「ほへえええええぇぇっ」

レストランで食事なんてしたことない。

優しいおじさんがママのお友達だったときに、ファミレスというところでご飯を食べたことがあるだけだ。

「ここで、お昼ご飯を食べるのよ」と母様に連れられたお店は、立派なお屋敷みたいだった。しかも、お店の入り口には、黒い礼服を着た人が立っていて、わざわざ扉を開けてくれるんだ。

絶対、絶対、お高い店だっ！

母様は個室を予約していたみたいで、そのままお店の人に案内されていくぼくたち。白銀と紫紺も問題なく入れているので、安心。兄様もセバスさんに車椅子を押してもらって移動している。

母様と手を繋《つな》いでいなかったら、ぼくなんか恐れ多くて店の中を歩けなかった。ぼくは腰をやや引きながら、てとてとと歩く。

案内の人が「ここです」と開いた扉の向こうには、父様がニコニコで立っていた。

あ、お昼ご飯に間に合ったんだね、父様。

父様と合流する前はひたすらお買い物をしてたんだ……大量にね。

出かける準備が整ったぼくたちは、セバスさんとふくよかなメイドさん、マーサさんと護衛の騎士さんたちとで馬車に乗って街へ。

辺境騎士団のある丘を下りて街へと入る前に乗ってきた馬車は預かり所に置いて、まずは母様ご用達《ようたし》の洋服屋さんへ移動。

「もう……いいでしゅ」

「えー、まだまだよ！」

ひーっ、もうお洋服はいっぱい。下着も靴もいっぱいですぅ。

なのに、「これは普段着だから」と母様はポイッとぼくをお店の人に差し出して、「採寸してちょうだい」とお願いした。

採寸って何？　オーダーメイドなの？

いやいやいや、ぼくにそんな服はもったいなーい！　と抵抗しても大人の人に「はい、バンザイ」とか「はい、腕伸ばして」とか言われたら従ってしまう、ぼく。

隣でニコニコと兄様も採寸されている。

「お揃いの服もいいね」

……そんな、恐ろしい。お金が……。お金が……。

ぼく、白目剝《む》いて倒れそう。

そのあとは、本屋さんに連れていってもらった。文具なんかも売っている大きな本屋さんだった。セバスさんとマーサさんで、最近出た流行《はや》りの絵本や文字の練習用ノートを物色。母様は自分用の恋愛小説を探している。

「レンは、お絵かきする？」

「？」

お絵かき……。

ママが怒るんだよ？　ママの絵を描いても、叩かれたし……。お絵かきってしてもいいの？

「……。クレヨンとお絵かき帳も買おうね。白銀と紫紺の絵を描いてあげよう」

ぼくが白銀と紫紺を見ると、紫紺は尻尾をフリフリ頷いて、白銀はぷいっと横を向いて……尻尾はブンブン！

ああ、描いてほしいのね。うん、描くよ。

「あい。かきまちゅ。にいたまも、かきまちゅ」

「そう？　嬉しいな」

兄様は車椅子から身を乗り出して、ぼくの頭を撫でてくれた。

すでに二軒のお店で買った物で馬車はいっぱいになったので、ぼくたちがお昼ご飯を食べている間に、騎士さんたちが荷物だけお家に運んで戻ってくるように手配してくれた。

「午後はどこに行くつもりなんだ？」

「そうね。雑貨屋と魔道具屋ね」

「ふむ。レンは何か欲しい物はないのか？」

「……？」

欲しい物……。こんなにいっぱい買ってもらって、美味しくて高そうなご飯を食べさせてもらって……他に欲しい物なんて……。

……！

「あの……あの……」

「ん？　遠慮しないで言ってごらん？」

「ブラチ……。しろがねとしこんのブラチ、ブラシが……ほしいの」

もじもじ。

もじもじ。

紫紺のスベスベな毛を綺麗に整えてみたいし、白銀はメイドさんたちにされるのが苦手だから、ぼくが梳《と》かしてあげたい。

ダメ……かな？　上目遣いに父様を見ると、口元を手で押さえてぷるぷる震える父様と母様、それとマーサさん。

どうしたの？

コテンと首を傾げてしまう。

そんなぼくの足元に白銀と紫紺が走ってきてぴょんぴょん跳んでアピール。

「レン！　ブラッシングしてくれるのか？」

「アタシのも？　アタシもしてくれるの？」

「あい」

するよ、ぼくもしたいもん。

二人のブラッシングは大事なぼくのお仕事です！

「か……かわいい……じゃなかった。いいぞ。ブラシでもなんでも買ってあげよう！」

「あ、ありがと」

父様、なんでもは買っちゃダメだと思う。

みんなでレストランを出て、道具屋でおねだりしたブラシをそれぞれ白銀と紫紺専用に買ってもらって、ほくほく顔のぼくと白銀と紫紺。

父様と母様はそれ以外にもいろいろ買ってたけど。ぼく専用の食器とか椅子とか……居候にそんなに買わないで！

訴えたけど、無視されました。なんで⁉

次に行った魔道具屋さんは、いろいろと他のお店とは違って独特な雰囲気。ハッキリ言って「魔女の家」です。お店の外観から怖くて兄様に膝抱っこしてもらって入りました。

「防御用の魔道具はいくつつけていてもいいからなー」

父様と母様はあれこれお店の人と話して、選別していきます。ついでに兄様にも買うそうです。

ぼくと兄様は飾られている魔道具を見て回ります。

「こり、キレイねー」

ぼくが指差したのは、青色の石と水色の石を使った腕輪。キラキラと光を反射して、青い色が舞ってるように見える。

「青い魔石は水の加護があるんだよ」

「かご……？」

「赤い石は火、緑の石は風、琥珀《こはく》色は土……他にも加護はあるらしいけど、有名なのはこの四つ」

「おおー！」

異世界あるあるの四元素ですね！

ここは魔法のある世界なんだもん。こういう話はワクワクするよね！

結局、この魔道具屋さんでもいっぱい買って、両手いっぱいの荷物を持ってぼくたちは馬車まで戻る。

案の定、馬車に乗りきらなくて貸馬車を一台借りて帰ることになりました。

「夕飯は料理長が腕を振るってくださいますよ。お昼ご飯を外で召し上がると聞いて、俄《が》然《ぜん》やる気を出してましたからね」

マーサさんがおかしそうに話してくれた。

ぼく、こんなに贅沢《ぜいたく》していて大丈夫かな？

ぼくの体がびっくりしないかな？

こんなに、嬉しいことばかりでいいのかな？

白銀と紫紺が、そんな思いに囚《とら》われたぼくの頰を両側からペロリと舐めた。


新しい世界で過ごす、ぼくの一日。

朝、兄様と一緒に起きます。

メイドさんたちに朝の支度をしてもらいます。ぼくのお洋服とかは、兄様の部屋に入らないからお屋敷の二階のもともとぼくが使う予定だった客間に置いてあるんだけど、毎日メイドさんが四〜五着持ってきて、ぼくを着せ替えるんだ。

ちょっと、疲れちゃう。

そして、温かく濡《ぬ》らしたタオルで白銀と紫紺を拭いてもらったら、ぼくが二人を軽くブラッシングする！

夜、お風呂に入ったあとに丁寧にブラッシングしてるから、朝は梳かすだけ。

準備が整ったら、セバスさんが迎えに来て、食堂に移動。ぼくは安定の兄様の膝抱っこ。

いいけどね、楽チンだから。

食堂にみんなが揃ったら朝ご飯。

ぼくは体が小さいからちょっとだけでお腹がいっぱい。父様はびっくりするぐらい食べるよ!

あ、白銀も朝からお肉食べてた……。

食後のお茶が済んだら、みんなで父様が仕事に行くのを見送って、兄様は家庭教師が来てお勉強。ぼくは母様と一緒にサロンで過ごす。

母様は刺繍をしたり、読書をしたり、セバスさんやマーサさんとお屋敷の仕事をしたりしてます。

ぼくは、絵本で文字のお勉強。お絵かき。白銀と紫紺と遊ぶ……かな?

お昼ご飯は、時たま兄様は不在。マナーのお勉強を兼ねて食べるんだって。

わー、たいへん。

ぼくはお昼ご飯を食べたあと、白銀と紫紺とお昼寝。このときは、兄様の邪魔にならないように二階の客間で寝るんだよ。

起きたら、午後のお茶。スイーツです!

場所は、お屋敷のサロンだったり、お庭のガゼボとか、温室だったりするんだ。白銀と紫紺はお外に出たら、楽しそうに思いっきり走り回ってる。

そのあとは夕ご飯まで兄様と一緒。

絵本を読んでもらったり、文字を教えてもらったり、いろいろ。

父様が帰ってくるのを出迎えて、みんなでご飯を食べたら、もう、お風呂に入っておやすみなさーい。

え？　普通だって？　そうかな……。

ぼくはすごく宝物みたいな時間に感じてる。

欲しくて欲しくて諦めてしまった、家族の時間。

白銀と紫紺も一緒で、すごく大切な時間。

シエル様……ありがとうって毎日眠る前にお祈りしてるの。

ぼくに白銀と紫紺。それと家族を与えてくれて、ありがとうって。

……。

……贅沢になってたのかな？　ぼく……嫌な子になったのかな？

そんな幸せな家族の日々が一〇日を数えた頃、ぼくの一日は少し変わってきた。

父様が仕事に行くのを、みんなで見送るのは同じ。兄様はお勉強も同じ。

いつも、ぼくと一緒にいてくれた母様とは、別々。

「きょうも、ダメ？」

小さい姿の白銀を抱っこして、セバスさんに尋ねると、やや眉間に皺を寄せたお顔で首を振ります。

「今日も、です。奥様には辺境伯分家の子爵夫人が、連絡もなくご訪問されましたので……」

わかってる。

セバスさんが怒っているのはぼくにじゃなくて、その子爵夫人にだよね。連絡もなく訪ねてくるのは貴族社会ではあり得ない。父様は騎士爵だけど前辺境伯子息だから、分家の子爵夫人が連絡もなく訪問するのは、やっぱりとっても失礼。

「ぶー」

ぼくは頬を少し膨らませて、トボトボお部屋に戻ります。ぼくはひとりで階段の上り下りができないから、慌ててメイドさんが追っかけてきた。

メイドさんに抱っこされながら移動中。

父様は現辺境伯様のお兄さんで、前辺境伯様の長男だったらしい。家督は弟に譲って、辺境伯騎士団の団長を担っている。

貴族相手にするより、剣を鍛えているほうが性分に合うとのこと。

もう一人下の弟がいるらしいけど、この人も貴族社会から逃げて冒険者になりあちこちフラフラしているらしい。

「ふぅ」

メイドさんがジュースとお菓子を置いて部屋を出ていったので、ぼくは白銀と紫紺と向き合って座り、ため息を一つ零します。

「……レン、あんまり気にするな」

白銀と紫紺が心配そうに、てしっと前脚を片方ずつぼくの太ももに置きます。

ふわああ!　肉球!

あ、それどころじゃない。

「でも、ぼくのせい」

そう、母様がここ最近、連絡なしの訪問者に煩わされているのは、ぼくの存在のせい。

どうやら、辺境伯分家の皆様は、ぼくが正式に養子になってゆくゆくは父様の後を継ぐのでは？　と勘ぐっているらしい。

いや、ヒューバート兄様がいるのに？　と思ったが、兄様が車椅子生活で騎士になるのは無理だろうと考えているんだろうな。

分家の皆様は自分の子どもを養子に！　と今までもいろいろアピールしてきたが、当然父様と母様は無視してた。それなのに、出自の知れない子どもを引き取ったと知った分家たちは、ぼくを養子にすることを撤回させ、今こそ自分の子どもを！　と母様のところに押し寄せてきているらしい。

父様に訴えたら、剣で脅されるから母様のところに来るんだって。

つまり、ぼくが父様の誘いに乗らずに白銀と紫紺と三人で暮らしていれば、母様たちに迷惑をかけなかったのに……て話。

……贅沢になっていたのかな？　ぼく……嫌な子になったのかな？

白銀と紫紺は一緒にいてくれるのに、父様も母様も兄様も、セバスさんもマーサさんも、みんなと一緒にいたい。

でも、迷惑だったら出ていかなくちゃ……ダメだよねぇ。

ぼくは、今日も一人。

母様は話したくない人とにこやかに話さなきゃいけなくて、セバスさんたちは急なお客様で忙しそう。兄様は分家の人たちに会って嫌な思いをしないよう、午前も午後もお勉強になって、父様の帰りもこの頃遅いの。

ぼくは、段々思いに耽《ふけ》るようになって口数が減っていった。自分じゃ気づかなかったけど、笑うことも少なくなって、食べる量も減っていたらしい。

父様たちは、そんなぼくの様子にすごくすごく心配してくれていたんだけど……。

白銀と紫紺が一緒だけど……ぼくは一人。

——もう、諦めなきゃダメだよねぇ。

ぼくは、ため息を一つついて、行儀よくお座りしてぼくを見上げてる白銀と紫紺に告げる。

「ねぇ、しろがねとしこんとぼくとで、おそとで、くらそうか？」

白銀と紫紺は朝ご飯を食べたらボワンと人化してお出かけする。

ぼくの三人で暮らそう発言から、二人はすぐに人化して父様のところに行き、街に出て冒険者登録をしてきた。

「とにかく、お金が必要だもの！」

「冒険者は家を持たずに宿で生活する奴も多いらしい。メシの支度も洗濯も掃除もしてもらえるからな！　下宿みたいなところもいいな。ギルたちみたいな人間なら、レンを預けて仕事もできるしな！」

「そうね、信頼できる人間がいるのがわかったから、家政婦を雇ってもいいし。そうなるとやっぱりお金よね！」

ふんすふんす、と鼻息を荒くする紫紺。

それでも、最初の頃はぼくを一人にしないように交代で冒険者の仕事をするつもりだったのに。

「こんの、バカ！」

ボカッ、ドガッと紫紺に殴られ蹴られながら、二人が帰ってきた。どうやら登録したついでに依頼を受けてきたらしいんだけど……。

「信じられないっ。最初は弱い魔獣を狩らないと悪目立ちするってあんなにっ言ったのに！コイツ、ブラックサーペントを倒しちゃったのよ！」

あとで知ったけど、ブラックサーペントってAランクの魔獣なんだって。

「いや……あれ、弱いぞ？　めちゃくちゃ弱いじゃないかっ！　しかも肉は旨《うま》いし皮は高値で売れるし。何が悪いんだ！　あ、イテ、イテテ。蹴るな！」

……と、問題児白銀のお目付役として紫紺も依頼に同行することになっちゃったの。

サーペント？　買取に出さないで収納魔法でしばらくしまっておくんだって。

だから、ぼくは今、一人でお留守番をしているのです。白銀と紫紺はぼくを一人にすることに思い迷っていたけど、人化して冒険者ギルドへ出かけていった。

今日も母様にはお客様。

しかも今日は、そのお客様のお子様も一緒で、お庭で兄様が相手をしている。

と、いっても連れられてきた子ども二人が剣の稽古をしているのを兄様が見ているだけのようだった。

ぼくと一緒にいてくれる若いメイドさんがその様子に鼻白む。

「どうちたの?」

「ああ、ヒューバート様をおかわいそうに思っただけです。あんな意地悪いことを……」

「いじわる……?」

まだ、メイドとして勤めて日が浅い彼女が話すのは、兄様のこと。

兄様は、生まれつき脚が悪いわけじゃなくて、四年前に馬車の事故で脚を悪くしてしまった。治らない怪我《けが》を脚に負ってしまった。

それまでは「さすがギルバート騎士団長の息子」とか「ブルーベル辺境伯の貴い血筋」とか褒められるほど、剣の腕がすごかったらしい。

兄様は小さい頃から玩具で遊ぶより、玩具の剣を振り回すのが楽しかったらしく、五歳には騎士団の練習に参加していたって。

「……本当に、あんな事故さえなければ……。せめて治癒魔法で治ればよかったのですが……」

「ちゆ……まほう?」

そうだここは、治癒魔法とかポーションとかがある世界でした。

じゃあなんで兄様の脚は治らないの？　治癒魔法が使える人がいないの？

どうやら、馬車の事故で負った裂傷や骨折は、ポーションと治癒魔法で治すことができたらしい。

でも右脚の腰から太腿の怪我は治らなかった。父様は前辺境伯様、兄様のお祖父様に頼んで、国王陛下からの依頼として神殿の大神官様の治癒魔法を兄様に受けさせた。

でも……治らなかった。

どうやら、兄様の右脚は生まれつきの不具合があって、そのせいで魔法では治らないらしい。大神官様でも使うことができない、治癒魔法の上位魔法、蘇生《そせい》魔法じゃないと完治は無理と言われた。

王都から帰ってきた兄様は、その後一切剣を握ることがなくなって、いっぱい勉強をするようになったんだって。

そんな兄様の事情は、辺境伯分家の人は皆が知っているのに、目の前で剣の稽古をするのは確かに嫌がらせだよね。

ぼくの頬は膨れてパンパンだし、口はへの字に曲がってる。

まだ若いメイドさんは、ぼくに話して聞かせると言うよりも独り言のように勝手に喋っている。

たぶん、ぼくみたいな小さな子に話してもわからないって思ったのかな？

わからないこともあったけど、それは後で紫紺に「どういうこと？」って聞いてちゃんと教えてもらいました。

でも、前の世界にいたときテレビのドラマでいろいろ見ていたから、ちょっとは難しいこともわかるんだよ?

そもそも、父様のお嫁さんに母様が選ばれたときから、分家の人達の不満は溜まっていったらしい。

母様が父様と結婚するまでは、辺境伯のお嫁さんって強い女性ばかりだったんだって。

別に強い女性じゃないと辺境伯家のお嫁さんになれないわけじゃなくて、ずうっと後にそのことを聞いたら「たまたまだよ」って父様が笑い飛ばしていたけど。

前辺境伯夫人、つまり父様の母様は、剣とか弓とかが下手な騎士よりも強いんだって。今の辺境伯夫人は攻撃魔法が得意。そして二人とも軍馬を乗りこなし戦場を駆け巡った経験がある。

なのに、母様は魔法は得意だけど、支援系魔法だし。いわゆる貴族女性の見本のような運動能力。つまり、ダンスはできるけど……っていうこと。

しかも、辺境伯分家から嫁いできたわけでもなく、高位貴族出身でもない。隣の領地の子爵令嬢。

噂では、父様が辺境伯を継げなかったのは、反対されていた母様との結婚を無理やり進めたせいと言われている。

「実際、辺境伯分家の方達は大反対だったそうですよ。当の辺境伯家は家族一同、賛成してましたけど。私たち領民だって反対なんかしてません。それなのに……」

「……？」

ぼくはコテンと首を傾げる。んゆ？　家族が賛成していたなら問題はなかったのでは？

それって母様のせいじゃないよね？

ハッ！　分家の人達は自分の子どもと父様を結婚させたかった、みたいな？

「……奥様は分家の方々からは散々嫌味を言われたり、嫌がらせされたり、それをずっと我慢してらして。やっとヒューバート様がお生まれになって、周りが静かになったところであの事故ですよ。ヒューバート様は、辺境伯家に相応しい子息だって王家からも褒められていた方だったのに……はぁっ」

メイドの独り言はまだ続いているけど……んー、これはますますぼくの立場が微妙な気がする。

これって、最初の予定どおりに辺境伯様のお屋敷に引き取られても、ぼくのことが問題になったんじゃないのかな？


お仕事から帰ってきた白銀と紫紺と三人で夕ご飯。

え？　他のみんな？　お客様と食べてるよ？

セバスさんもマーサさんも「早く帰れっ」て青筋立ててるけど、お客様は少し鈍感みたい。

ご飯をぼそぼそ食べているときに、今日聞いた話をする。

「あらー、複雑な感じね。それだと辺境伯の跡取り問題もあるわね？」

ガツガツと肉を食べている白銀はおいといて、ぼくは紫紺に顔を向ける。

「なんで？」

「聞けば辺境伯の子どもは一人だけ。その子に何かあったら、継ぐのはヒューでしょ？　でも今のヒューの状態だったら分家から反対されるわよね？　そのとき、分家から来た養子がいたら、その子が辺境伯候補になるんじゃないの？　つまり、ギルの養子になるのが目的じゃなくて、次の辺境伯の椅子を狙ってんのね」

「えー……。でも、むすこしゃんいるよ？」

そもそも、辺境伯の息子さんに何かがなければいいのでは？

紫紺はニヤッと笑った。

「そうね。何もなければね。でもああいう人間は何かを起こすのよ？」

……わー、いやだな、それ。


もう少しで、ぼくがこの世界に来て一か月が経《た》とうとしている。

母様は連日の辺境伯分家の訪問で、体調を崩してしまったみたい。父様は仕事が忙しくて、この頃は騎士団本部に泊まり込み。

白銀と紫紺は毎日、冒険者のお仕事をして、仕事終わりに街でぼくみたいな小さい子がいても大丈夫な宿屋や下宿先を探している。

兄様とは、朝起きてご飯を食べるまでは一緒。夜、寝るときはぼく一人で、いつのまにか同じベッドで寝ている。分家の人が帰ったあとに、できなかったお勉強をしているんだって。

ぼくだけ、何もすることがなくて、ぼけっと毎日過ごしている。

ママと一緒だったときと同じ。あのときは、朝になったら寝て、日が沈む頃に起きていたけど。

今日も、朝ご飯に母様は来られない。

白銀と紫紺は、食べたらすぐにお仕事へ行く。

兄様もこのあとは家庭教師とお勉強か、急なお客様のお相手だよね？

しょぼんと項垂《うなだ》れてる、ぼく。

セバスさんがいつものようにお客様の来訪を告げるんだ……。

て、あれ？　なんか、兄様にメッセージカードを渡してるね？

「ああ、よかった。今日は僕とレンは街に出るよ。マーサ、母様に許可をもらってきて」

はい、と軽やかな返事とともにマーサさんが食堂を出ていく。

「レン。前に街で洋服を作ってもらうのに採寸したの、覚えてる？」

「……あい」

採寸したね、そういえば。あの大量に洋服を買ったお店でしょ？

「店から洋服ができたとの連絡が来た。今日は店に行って少し街を歩こう」

兄様がぼくを膝抱っこして、にっこり笑う。

「いいの？」

だって、お客様が来るんじゃないの？

いつも青白い顔の母様と固い表情の兄様がお相手してるのに？　ぼくと出かけていいの？

「行こうよ。レンは、嫌？」

「ううん。……、……いきたい」

もじもじして、小さい声で言ってみる。

兄様はぼくの頭をよしよしと撫でて、セバスさんに命じる。

「セバス！　僕とレンは今日は街に行く。母様も外に出ていることにして休ませろ。それでも何か言うようなら、騎士団本部の父様のところへ案内すればいい」

「かしこまりました」

「セバスとマーサは同行できないから、護衛を少し増やしてくれ」

「はい」

あ、そうだね。白銀と紫紺もいないもんね。あとで、一緒に行きたかったって怒られそう。

兄様とセバスさんは、馬車の手配や同行者の確認をして、ぼくたちの身支度のためメイドさんが呼ばれた。

え、さっき着替えたばかりなのに、お出かけ用にまた着替えるの？

貴族って……たいへんだね。

ガタンゴトン。

揺れる馬車の中にはぼくと兄様。護衛の騎士さんとメイドさんが乗っている。駆者《ぎょしゃ》さんの隣にも騎士さんが座って、他の騎士さんは馬に乗って並走している。

いつか来たときみたいに、馬車の預かり所に馬車を預けて、駆者さんには待っててもらう。

「洋服の確認をしたら、どこかで甘い物を食べて帰ろう」

「いいの？」

「ああ。母様たちにも買っていけば、怒られないさ」

パチンとウインクする兄様。

そのあとも、噴水広場に大道芸人がいるから見学しようとか、騎獣《きじゅう》を扱っているお店を見に行こうとか楽しい計画に、胸がワクワクする。

ただ、採寸して作ってもらった洋服の量がすごくて、びっくりしました。

母様……いつのまに？

「こり……なぁに？」

兄様とお揃いで作ったらしい部屋着なんだけど……。これって着ぐるみみたいなんだけど……。

「母様……」

兄様も絶句です。

うーんと、フワフワモコモコの素材で三角犬耳とふさふさ尻尾がついてるツナギみたいな服。もうひとつは丸い耳と細長い尻尾付き。

「あー、しろがね。しこん」

たぶん。母様は白銀と紫紺に合わせた服を作ってもらったんだ……。

これって、コスプレ？

「レンはかわいいけど……。僕の分もあるよ」

兄様の肩がガックシ落ちました。

諦めなきゃ、兄様。ぼく一人で、コレを着るのはちょっと恥ずかしいよ。一緒に着ようね！

お店を出るときは山盛りの荷物。

今日も騎士さんが先に馬車に運んでくれる。

「僕たちはあの店にいるから」

兄様が指差すお店は、ピンク色の装飾がされているスイーツ店だ。

「はい。わかりました」

騎士さん二人が両手に大荷物で離れていく。

僕は兄様の膝抱っこで移動。

そのとき、兄様の車椅子を押していた騎士さんが、隣を歩くメイドさんに車椅子を押すのを代わってほしいとお願いする。

「あ、忘れ物をしてしまいました。お店に取りに行ってもいいですか？」

「それでは、わたくしが行ってきます。何をお忘れに？」

騎士さんはメイドさんに両手を見せ、片方だけの手袋に苦笑してみせた。

メイドさんは騎士さんの忘れ物を取りに小走りでお店へと戻っていく。

ガッ。

すると、横の路地に車椅子の進路を急に変えて、騎士さんが猛然と走り出す。

ガコンガコンと激しく揺れる車椅子。

兄様がぼくをぎゅっと抱きしめながら声を上げる。

「どこに行くつもりだ！」

「うるさい。黙っていろ！」

騎士さんは兄様に乱暴にそう言うと、路地を抜けた通りをさらに早いスピードで駆け抜ける。

こちらの通りは人通りが少ないのか、誰にも気づかれなかった。

「いいか。声を出したらガキを殺すぞ」

騎士さんの怖い脅しに、兄様は唇を噛んでますますぼくを抱きしめた。

いくつもの角を曲がって辿《たど》り着いたのは、人けのない荒地に停まっている黒い馬車。

その馬車から人がわらわらと出てきて、ぼくは兄様から取り上げられ、ぽいっと馬車に放り投げられた。

「いちゃい！」

ゴンと頭を強く打つ。

そのあと、馬車に兄様が投げ込まれたようだけど、ぼくは打った頭が痛くて痛くて、いつのまにか意識を失ってしまっていた。

「あれ？　ジュリさん、どうしました？　ヒューバート様とレン様は？」

荷物を馬車に置いて戻ってきた騎士に、ジュリと呼ばれたまだ若いメイドは、目に涙をいっぱいに溜《た》めて叫ぶように助けを求めた。

「いないんです。どこにも、お店にも、通りにも。お二人とも……いないんです」

「はあ？　あ、あいつはどうしました？　ダミアンは？」

メイドはフルフルと頭を振り、とうとう嗚咽《おえつ》を漏らし始めた。

「おい、ここを見ろ」

もう一人の騎士が道の一か所を示す。そこには強い力の圧で残った轍《わだち》と、蹴り込んだときにできた靴跡。

「ん？　ヒューバート様はこちらの道に行かれたのか？」

「バカッ！　ヒューバート様が急に行く店を変更するわけないだろっ。もしかして、連れ去られた？」

「バカはお前だろう？　確かにダミアンは、剣はたいした腕ではないが、一応騎士だぞ？　そうそう護衛対象を攫《さら》えないだろう？」

「……。もしかしてダミアンは……奴らの仲間だったのでは？」

二人の騎士は顔を見合わせ、すぐに行動に移した。

「俺はジュリさんと一緒に馬車で一旦屋敷に戻る。団長に報告しなければ!」

「俺は馬で轍を追う。誰かがヒューバート様たちを見ているかもしれない」

お互い頷くと、馬車の預かり所まで走り出す。

メイドのジュリは騎士の肩に担がれたが、それにも気づかずにぐすぐすと鼻を鳴らして泣いていた。


「んゆ?」

目を開けたら薄暗い何もない部屋だった。

ここ、どこ?

「いちゃい」

なんか、頭が痛い……。

あ、知らない馬車に投げ込まれたときに頭を打ったんだ……。

でも口の周りがヒリヒリするのは、なぜ?

小さな手で頭を押さえると、ぽこんと膨れてるのがわかる。

たんこぶができてる。

「レン?　気がついた?」

後ろから聞こえた兄様の声。

ぐるっと振り向くと、兄様は手足を縛られて拘束され、床にゴロンと転がっていた。そして、口の周りが擦れて赤くなっている。床には手巾が二本落ちていた。

「あんまり大きな声は出さないで。奴らが部屋に来るかもしれない」

「あい」

たぶん、猿轡《さるぐつわ》を噛まされていたのを、兄様が外してくれたんだ。ぼくは兄様の後ろに回って、力の弱い小さな手で縛られている縄と格闘する。

「レン。すぐに父様たちが助けに来てくれるから、大丈夫だからね」

「あい。しろがね、しこん。たすけ、くる」

父様たちがここがどこかわからなくても、白銀と紫紺はここがわかる。ぼくと二人は繋がっているから。

だから、大丈夫！　助けは絶対に来るよ！　それまで、ぼくが兄様を守らなきゃ。

……この縄の結び目、すごく固いんだけど……。

「そうだね。白銀と紫紺も来てくれるね」

「あい」

たぶん、白銀が周りとトラブルを起こしていなければ、すぐに来てくれると思うよ。

うんしょ、うんしょと縄の結び目を弄っていたら、少しずつだけど緩んできたみたい。

よし、もっと頑張るぞ！

「レン、誰か来る」

「ぴゃっ」

ばっと兄様から少し離れると同時に、扉がバンと乱暴に開けられた。

ヒューバートとともに出かけていた護衛の騎士が、騎士団本部の団長室に駆け込んできたときは、さすがのギルバートも驚いて声が出なかった。

しかし、その騎士の報告を聞いた途端、けたたましい音を立てて立ち上がる。

「なんだとっ!」

「すみません。もう一人が追跡できるところまで追っていますが、今のところは何もわかっていません。ただ……ダミアンが奴らの仲間なのは間違いないようです」

片膝をつき頭を下げながら、彼はメイドのジュリの話をギルバートたちに聞かせる。

今、この団長室では今晩のある大捕り物に備えて、副団長、団参謀、各隊長が集まっていた。

「団長。奴らに動きはないですよ。別口なのでは?」

「今、同時期に別々に動くなんて、あり得ないだろう?　逸《はや》った奴らが動いたのでは?」

「……」

ギルバートとしては、今ここで騎士団が動けば、ずっと内密に準備していた企《たくら》みが水泡に帰してしまうことが理解できていた。

このことは辺境伯領にとって、とても大事な局面なのだ。それこそ、前辺境伯の時代からの……。

――ヒューバート、レン……。俺はどうすればいい……。

唇を噛みしめ、握り込んだ掌《てのひら》から血が滲み出すギルバートの頭を、横にいた副団長のゴツゴツした拳がゴツンと叩いた。

「あ、イタッ」

「あいた、ではないわっ。何をしている！　早く助けに行かんか！　お前の子どもたちだろうがっ」

「しかし……。作戦が……」

もう一つ、ガゴッと痛そうな音をさせて副団長が団長を殴る。

同席している他の騎士たちは痛そうに顔を歪ませたが、黙って見ているだけだ。

「作戦など、儂《わし》に任せればいいだろう。これでも前騎士団長なのだぞ。団長になってそこそこのお前とは年季が違うわっ、馬鹿者！　おい、お前ら！　作戦は今から開始だっ。準備はできてるな！」

コクコクと高速で頷く騎士たち。

ギルバートは目を丸くして驚く。

「いやいや、まだ作戦には早い……イテ、イテテ。叩かないでくださいよっ。しかも作戦遂行に団長不在だなんて……」

「あー、ぐちぐちうるさいのぅ。お前は自分のことを考えいっ。そちらの案件も同じだろうよ。なら、別動隊として動けばいい。辺境伯も文句は言わんだろう。早く……行ってやれ」

「……いえ、あまりこちらに騎士を割くわけにはいかないので……。おい、冒険者ギルドに行って冒険者の白銀と紫紺を呼んでこい。ヒューバートたちが拐《かどわか》された場所で合流する」

「はっ！　……しかし依頼中の場合は？」

「レンが呼んでいると言えばすぐに来る。それ以外は話すなよ。攫われたと知ったら勝手に行動するからな。では、副団長……あとは頼みます」

ギルバートは深く腰を折り頭を下げると、自分の剣を手に持ち風のように駆け出した。

騎士団本部を出るまでに、何人かの騎士に直接声をかけ同行を命じる。

——待ってろよ。必ず俺が助け出してやる。ヒューバート、レン、頼む無事でいてくれ……。


ぬっと外から部屋に入ってきた男は、大柄で人相が悪く酒臭かった。

じろりと二人《ぼくたち》を睨みつけると、ニヤァと唇をひん曲げて笑う。

「大人しくしているか？　ガキども」

ドシドシと無遠慮に歩き、面白そうにぼくの頭を小突き出した。

「やめろっ」

「ああ？　うるせぇなっ」

バシンと平手で頬を叩かれる兄様。

「にいたま！」

ガバァと自分の体で覆って兄様を守ろうとしたけど、簡単にバシッと手で払われて、ぼくは床に転がった。

「いいか、お前は命さえあれば何してもいいって言われてんだ。生意気な口をきくんじゃねぇよ。チビ、お前もだ。お前は何してもいいつーか、殺してほしいそうだからな。身代金が手に入るまでは生かしておいてやるよっ」

悪いおじさんは、ガハハハと品なく笑って、ゲシッと兄様の体を蹴って部屋から出ていった。

ぼくは兄様が心配なのと、何もできなくて悔しいのとでくちゃくちゃになるほど顔を顰《しか》めた。

「にいたま。にいたま。だいじょぶ？」

「ああ……。ちょっと痛いけど、大丈夫だよ。それよりレンは？」

「だいじょぶ……。？」

「どうしたの？」

……なんか、兄様のキラキラ金髪に、もっとキラキラピカピカしたのが、二つ、くっついてるんだけど、それなあに？

じぃぃぃぃっと、目を細めてよくよく見つめると、羽がヒラヒラ見えた……かな？

「むし？」

『しつれーなっ！　むしじゃないわよっ』

ん？　なんか聞こえた？　キョロキョロ。

「どうしたの？　レン？　何か見えるの？」

「うん。なんか、いるの」

そこ、と指差したらパアーッと光って、姿がハッキリ見えるようになった。兄様も眩しそうに目をパチパチしているから光ったのはわかったのかな？

「あ、ようせいさん？」

『おまえ、おれたち、みえるのか？』

「うん、みえるし、きこえる」

ぼくの指の先には、ロールパンぐらいの大きさの男の子と女の子。

青い髪に青い瞳で背中には蝶々《ちょうちょう》のような薄羽がある、まさしく絵本で見る妖精さんがいた。

辺境伯領の騎士団は、王都の騎士団より強い。

アストラ大陸一の強さを誇ると言っても過言ではない。けっして大国ではないが豊富な穀倉地帯と潤沢な資源を持つブリリアント王国が、他国に侵略されずに友好関係を保てているのは、ブルーベル辺境伯騎士団の存在が大きい。

その騎士たちの憧れ、ブルーベル辺境伯騎士団の団長自らが選抜した精鋭の騎士たちが、怯えて顔を青くしていた。

「だっかっら！　どうしてレンが攫われるのよっ！」

「そうだ！　だいたい出かけるなら俺たちは仕事なんて行かなかったのに！」

それは、神獣フェンリルと聖獣レオノワールが人化したまま、大激怒しているからだ。

神獣フェンリルの白銀は、怒りで魔力が暴走しかけて体の周りがパチパチと放電しているし、聖獣レオノワールの紫紺も魔力の暴走で、足元に小さな竜巻をいくつもビュルルと生じさせている。

その人外二人の前に、毅然《きぜん》と立つ団長ギルバート。

ビビッている騎士たちは、そんな団長にますます心酔していくが、ギルバートも怒りで少々感覚がおかしくなっているだけだった。

「レンの保護者である二人は、レンの危機は感じなかったのか？」

額にいくつもビキビキ青筋を立ててにじり寄るギルバートに、紫紺があっ！　という顔をした。

「そういえば、ゾクッときたときがあったような……」

「な！　なんでそのときに気がつかないんだよっ」

「あ・の・ね！　そのとき、アンタがやめればいいのに、マッドベアの持っている蜂の巣を叩き落とすからでしょ？　おかげで怒り狂ったマッドベアとクイーンアスプの蜂軍団とやり合うことになったのよ！」

「あ……。いや、だって、蜂蜜持って帰ったらレンが喜ぶと……思って」

白銀は、誰よりも大きな体を小さく縮こめるようにしゃがみ、両手で頭を庇《かば》うように覆う。

「とにかく、レンがどこに連れていかれたか、わからないか？　ここで、車椅子や防御の魔道具が捨てられていて……」

　クンクンと鼻で何かを嗅ぎ取ろうとする二人。

「わかる。でも真っ直ぐ向かうのはダメなんでしょ？　レンが通ったままに追いかけたほうがいいのよね？」

「ああ。誰が二人を攫ったか……。おおよそ見当はついてるが、証拠も必要なので」

「じゃ、ついてきな」

　二人は、ボワンと獣体に戻る。大きさは最初に出会ったときの大型の姿で。ギルバートは騎士たちに合図を送り、自分も愛馬に跨《また》がった。


　ぼくの右手には、濃い青色の短髪の男の子の妖精さんがふわふわ。水色のワンピースみたいなお洋服を着ている。

　もう一人も同じ恰好しているけど、薄い水色の長い髪をツインテールに結んだ女の子が、左手にふわふわと浮かんでいる。

「にいたま、みえない？」

「うーん。キラキラしているのはわかるけど」

　兄様は床に寝っ転がったまま、キレイな碧い眼を細めて妖精さんを見ようとしている。

『まあ、おれたちが、いるのがわかるってことは、まりょくはおおいやつだな』

「にいたま、こえは？」

「全然、聞こえないよ。残念だな」

ふよふよと女の子の妖精さんが、兄様の頬にべったりとくっつく。スリスリしている。

めちゃくちゃ、気に入られてますよ？

『おまえ、おもしろそうな、ちからだな！　おれ、きにいった』

おうふっ。ぼくも気に入られました。

面白い力って何？　シエル様が何か能力を付けてくれたのかな？

ぼく、知らないけど。

『ところで、こんなところで、なにしてるの？　あのおやじだれ？』

ぼくが説明するのは噛み噛みのお口では無理なので、兄様に話してもらった。

キラキラしている光の玉に向かってお話するのに、困った顔してたけど。

『そのフェンリルとレオノワールを、おれたちが、よんできてやろうか？　そうしたら、レンたちはにげられる？』

「できる？」

『ああ。しんじゅうなんて、まりょくが、けたちがいなやつ、すぐわかる』

男の子の妖精、チルが小さな胸を張る。

女の子の妖精、チロが兄様の頭の上から頷いている。

チルとチロの言葉を兄様に伝えて判断してもらう。

「……。頼む。レンだけでも助けたい。白銀と紫紺なら、レンの名前を出せばすぐに助けに来てくれるから」

『じゃあ、レンの、かみのけ、もらうぜ』

プチンと髪を一本抜かれた。

ぼくの髪の毛を持ってふよふよ扉のほうへ飛んでいくチルの後を追いかけて、チロがバッビュンと飛んでいく。

あれ？　あんなに早くも飛べるんだ、妖精って。ふよふよするのが精いっぱいだと思ってたよ。

『よこしなさい、それ。ワタシがいく！』

チルの背中をゲシッと蹴って、ぼくの髪の毛を奪ってチロはそのまま扉をすり抜けて行ってしまった。

「だいじょぶ？　チル」

とてて、とチルに駆け寄ると、背中にチロの足跡をつけて情けない顔をした妖精がしょんぼりしてた。

『おれが、いこうと、おもったのに～』

両手で掬《すく》うようにチルを抱き上げて、兄様のところへ戻る。

兄様はなにがなんだかわからないって顔をしていた。

まずいな……。

白銀と紫紺は、俺の願いを聞いてレンたちが連れ去られた道を辿って走っている。そのスピードも、俺たちの乗る馬の速度を考慮して、かなり緩めてくれているんだろう。

二人が頻繁に森に向けて、視線を送るのに気がついた。

ヒューたちは森にいるのか……。

貴族が森に入ることはほとんどないだろうから、二人を連れ去ったのは、貴族に雇われたそういう奴らだろう。

荒事も平気な奴らだとしたら、二人が無事でいられるのか……。

俺も焦る気持ちが抑えられない。

白銀と紫紺は街を守る防御壁沿いに出たあと、ひとつの通用門で足を止める。

「ここから、森に出たみたいよ」

「ここは……たしか、子爵用の通用門か……」

壁には通常の門がいくつかと騎士団用の門がある。

そして、辺境伯分家用の門もいくつかある。その一つからレンたちは連れ去られ、森へと進んでいる。

「団長、この子爵は例の一派の一つです。やはり、あちらの件と繋がっているのでは?」

「ああ……、そうだな」

これで、今回の二人の誘拐が、辺境伯の分家どもが起こした相続問題だと確信が持てた。

辺境伯が代替わりをしたときから行われた、数々の辺境伯嫡男の暗殺未遂。

そのため辺境伯嫡男は辺境伯夫人とともに、前辺境伯のところへ避難させることになったのだ。

そしてヒューバートとレンの誘拐。

これは、分家の誰かを次期辺境伯とするための奸計《かんけい》だ。

そして、四年前のヒューバートの馬車の事故もおそらく無関係ではない。


「おい、ギル。行くぞ」

「ああ。ヨハンはこのことを辺境伯に報告し、子爵捕縛へ加わってくれ」

ギルにヨハンと呼ばれた騎士は、ハッと敬礼したあと馬首を返し去っていく。

「森に入るぞ」

ギルが他の騎士たちに声をかけ手綱を握る手に力を入れたところで、俺の顔に衝撃が!

「ぶっ!」

思わず変な声が漏れた。

べちゃと何かが顔面にへばりついたみたいだが、ギルも誰もそれを見ることはできなかった。

「アンタ、何してんの?」

「なんだ!　これは!　くっそう、離れろっ、はーなーれーろー!」

ぺいっと俺の顔からようやく剝がれた何かは……妖精だった。

俺の髭を摑んでぷらーんとぶら下がっている。

「イテテテ」

「ほんと、何やってんのよ。それどころじゃ……。あら、この子が持っているのレンの髪の毛じゃないの？」

紫紺がふんふんと、妖精が持っているものの匂いを嗅ぐ。

『レンがよんでるわー。ワタシと、いっしょにくるのよー』

ぷらーんと揺れながら、その小さな妖精は勇ましく叫んだ。

ギルバートは俺の髭にぶら下がっているはずの妖精、名前をチロというらしい、そのチロの姿を見ようと顔を寄せてくるが……。

「見えん」

『これもかっこいいけど、ひゅーのほうが、このみだわ』

「……こいつは、ヒューの父親だぞ」

「とにかく、妖精がレンのところまで案内してくれるそうよ。まぁ、いなくてもレンのところまで行けるけど」

紫紺が胡乱《うろん》げな視線を、妖精チロに向ける。

「妖精が見えれば、我々の案内を頼みたかったのだが……。そうすれば白銀たちは先に行けると思ったのに……」

ギルバートの両肩が力なく下がる。俺と紫紺は目を見合わせて、悪そうに牙を剝き出しにして笑った。

「そうね。ギルたちは妖精に案内してもらいなさい。アタシたちは先に行くわ」

「いや、だから……。俺には妖精が見えないんだが……」

紫紺は妖精をチョイチョイと突いて、ふうーっと口から吐いた息でギルの元まで飛ばす。

『な、なにすんのよーっ!』

「ぶっ」

ギルバートは顔にへばり付いた何かに驚いて、剝がそうと妖精の体をむんずと摑む。

『きゃー!　どこ、さわってんの』

べりっと鼻からその柔らかい妖精の体を離すと、たぶんギルの目にも水色のワンピースを着た小さな妖精の姿が見えていることだろう。

ギルの手の中で、もの凄くジタバタしているが……。

「その子の姿、見えるようにしておいたわよ。時間が経つと見えなくなるから、ギルたちも急いでね。じゃあ、行くわよ」

「おうっ」

紫紺は言いたいことだけ言うと、俺と同じく体勢を低くし弾丸のように飛び出して行く。

ギルバートが右手に妖精を握ったまま、左手を俺たちへと伸ばしているのが見えたが無視をした。

「お、おーい！　これ、どうしたらいいんだっ」

『これって、しつれいねー！』

あ、紫紺の奴、妖精の姿が見えるようにしたけど、声を聞こえるようにするのを忘れてないか？

まぁ、道案内に問題はないだろう。


白銀と紫紺がチロと一緒に助けに来てくれるまで、チルといろいろお話をしていた。

ぼくがやっと兄様の手足を縛っていた縄を解いたから、二人で床にお座りしているんだ。

チルの話だと、ぼくたちが閉じ込められている小屋の近くに泉があって、「精霊の泉」って呼ばれているんだって。

実際、チルたち妖精の憩いの場所らしい。

行ってみたいなー。

兄様の話だと、精霊は上級・中級・下級とランクがあって、中には人間と契約してくれる精霊さんもいるらしい。

じゃあ、チルたち妖精は？

「妖精はねぇ……、精霊に成長する前の姿って言われてて。なんて言うか、悪戯《いたずら》っ子で……気まぐれで……人と契約することはない……らしいんだけど……」

「へぇー」

でも、ぼくとチル、兄様とチロは契約しちゃったよね？　なんか、知らない間に魔力の交換？　をして契約しちゃったんでしょ？

「そうなんだよ……。父様になんて説明しようか」

兄様がちょっと困ってる。

眉がへにょんと八の字になった。

「ぼくがとうたまに……」

バンッ!!

大きな音を立てて、扉が開かれる。

そこには、さっきのおじさんがいた。さっきよりも真っ赤な顔をして、フーフー荒く息を吐いてる。

その右手には……抜き身の剣が握られていた。

「レン！」

兄様が僕の腕を掴んで、自分の胸へと抱き込んだ。

ぼくは、驚いて目を丸くしている。

「どうして……。なんで、バレた……。くそっ！　もう少しで大金が手に入るはずだったのにぃ！」

おじさんは、ドカドカと小屋の中に入りながらあちこち蹴り上げている。蹴られた木箱などが、宙に舞い落ちて壊れる。

その音にぼくと兄様は、ビクッと体が反応してしまう。

ぼくは、おじさんの持っている剣の先がこちらに向けられていて、恐怖で目が背けられない。

体が硬直して汗が止まらないんだ。

「ちっ、逃げる前にお前らで憂さ晴らしだ」

ぎゅうっと兄様が、ぼくを強く抱きしめる。

「どけっ」

ガッとおじさんに蹴られた兄様は横倒しになり、その痛みでぼくを囲っていた腕の力が弱まる。おじさんは、ぼくの腕を摑んで吊《つ》るし上げ、お酒臭い息を吐きかける。

「チビは殺していいって話だからな」

ニヤニヤと悪い顔で笑いながら、ぼくを見ている。

そして急に手を放されて、ボタッと床に落ちる。

「いちゃ！」

床でお尻を強く打った。

ぼくは、そのまま俯《うつぶ》せになって頭を抱えるように小さくなる。

見たくない見たくない、剣の先が怖くて見たくない。

おじさんが剣をぼくに向かって振りかざすのがわかる。

その剣をどうするのかもわかる。

だから見たくない。

ギュッと強く目を瞑《つむ》る。

ズシャアァァァァッ。

「ぐうっ」

……。誰のうめき声？

ガアアァァァァァァッッ!!

ザシュッ！　ガリッ！

どおっと何かが倒れる音。

フーフーと獣の息。

温かい背中。

「レン！　レン！　大丈夫か？」

白銀の声？　助けに来てくれたの？

ぼく……。動けないんだ？　なんでか、背中が重いの。

「おい、ヒュー。ヒュー！　大丈夫か？」

白銀がその長い鼻で、ぼくの背中に覆ってたものをズラしてくれた。

ドサッと床に転がったのは……兄様？

「にい……たま」

兄様の背中は剣で切り裂かれ、血がいっぱい、いっぱい、流れていた。

「にいたま!」


僕の名前は、ヒューバート・ブルーベル。

ブルーベル辺境伯領騎士団の団長を父に持つ一二歳の男子。

父譲りの金髪と碧眼。剣の腕も父譲りで僕はそれが誇らしかった。玩具の剣は三歳の頃から振り回し、五歳には騎士団の練習に交ぜてもらったりしていた。

将来の夢は、従兄でもある次代の辺境伯に仕える騎士になること。

それは、確実に訪れる未来だったはずだった。

四年前に馬車の事故で脚を怪我するまでは……。

両親も叔父《おじ》様も祖父母も、僕の脚を治そうと伝手を頼って、いろいろな治癒士の元に連れていってくれた。とうとう、国王陛下まで動かして大神官の治癒魔法まで。

それでも、治らなかった僕の脚。

──騎士になれない。

それだけでも僕の心を打ちのめしたのに……。

僕のせいで母様まで悪く言われた。もともと父様と母様の結婚は、辺境伯分家から反対されていたんだ。

ただ……母様が戦えないって理由だけで。

だから、僕が立派な騎士になって、いずれは父様のように騎士団の団長になって、父様と母様の結婚は失敗じゃなかったって証明したかった。

でも……この動かない脚じゃ……ダメだ。

従兄は「将来、自分の右腕となって働けばいい」と励ましてくれた。

僕も文官として、ブルーベル辺境伯領を支えていこうと思った。

それでも……。

父様が小さい男の子を家に連れてきたとき、僕は複雑な気持ちだった。

前もって伝令の騎士が「落ち着いたらすぐに辺境伯家に引き取ってもらう」と説明していたけど、「養子として迎えるわけじゃない」って言ってくれたけど、やっぱり不安になった。

父様に連れてこられたレンは随分小さい子で、黒髪に大きな黒い瞳のかわいい男の子だった。ふくふくとした手足も愛らしい子で、僕たちを少し怯えた目で見るのが哀れにも思えた。

危険な森に捨てられた子で、神獣と聖獣に愛された子。

とっても小さな……守ってあげなきゃいけない子。

僕は一目見て、レンが大好きになった。

兄として守ってあげよう。

この子なら全てを譲ってもいいかもしれない。

そう思えるほどに、レンはかわいい、いい子で、僕たち家族に温もりを運んできてくれたから。

だから……、レンのためならいいんだ。

レンなら僕がいなくなったあとも、父様と母様を僕の代わりに愛してくれるし、神獣フェンリルと聖獣レオノワールが一緒だし。

だから、僕のどうしようもない命を使うならここだと思う。

レンを守るために。

弟のために。

僕はこの命を捧げるよ。

だから、お願い。僕の大好きな人たちを、僕が守るはずだったブルーベル辺境伯領を……託していいかな?

レン……。

僕の弟。大好きだよ。

泣かないで……。


みすぼらしい小屋の中で、大きな銀色の狼と小さな子どもがひとつの命を留《とど》めようと声を上げている。

紫紺は、ペロッと爪に付いた悪党の血を舐めながら、悠然と小屋の中に入って、同朋《どうほう》と愛し子の様子に首を傾げた。

「どうしたの？　レン？」

「紫紺。ヒューが……」

白銀が情けない顔で振り向くのを、怪訝《けげん》な顔で見やり、床に寝たままのヒューバートを二人の間から覗き込む。

「え？　ど、どうしたのよっ。ヒューのこの怪我」

「すまん。ちょっと……遅かったみたいだ」

ヒューバートは俯せに床に倒れたまま動かない。

かなり強い力でレンがヒューバートの体を揺さぶり、「にいたま」と呼びかけるが、ピクリとも動かない。

それなのに、背中の傷からはトクントクンと赤い命が零れ続けている。

「まずい、まずいわよっ。アタシたちは治癒魔法使えないし……。生きた奴なんて、もう・・・いないし。街まで戻るまでヒューの命が持つかどうか……」

「ああーっ！　どうしよう、どうしよう。どうすれば、いいんだー！」

狭い小屋の中で、ウロウロと二人は右往左往し始めた。

「ぐすっ、にい、たま。にいたま、おきて。おきて。ふえっ」

ゆさゆさ。ゆさゆさ。

ぼくの背中から離れる一瞬、目を開けた兄様が、ふわっと柔らかく微笑んだ。

そして、その目はもう開かない。

ぼくを見てはくれない。

白銀も紫紺も助けられないって……。

ぼく、どうしたらいいの？

次々に胸に熱いものがこみ上げてきて、しゃくり上げるけど、止まらなくて。

兄様を呼んでも答えてくれなくて。

ぐすぐす。

『あっ、いずみにいけば、ひゅー、なおる、かも？』

パタパタと兄様の周りを飛んでいたチルが、突然ひらめいたと手に拳をポンッと打った。

「いじゅみ？」

『ああ。おれたち、ちゆ、つかえないけど。おーさまなら、できる！』

チルの存在に今、気がついた白銀と紫紺は「王様？」と顔を嫌そうに顰《しか》める。

「その王様って……精霊王のこと？」

『レン、いずみに、いくぞ！　はやく、はやく。ひゅーが、しんじゃうぞ』

「やー！　いく！　いじゅみ、いく。しろがね！　しこん！」

ぼくとチルが真剣な顔で二人を見ると、紫紺が諦めたようにため息をついて、前脚をチョチョイと動かす。

風が徐々にぼくたちのところへ集まって兄様の体を浮かすと、ふよふよと白銀の背中に乗せる。その体が落ちないように、兄様の手足を縛っていた縄をぐるぐると巻きつけた。

「きつく巻けば、止血にもなるでしょ。行くわよ、白銀」

「ぐぇっ！　は……腹が苦しい」

ゲシッとお尻を紫紺に叩かれて、白銀はヨロヨロと小屋から外に出る。

「レンはアタシが運ぶわ」

カプッと後ろの襟首を噛まれて、ぷらんとぶら下がって運ばれる、ぼく。

『じゃあ、あんない、するぜ』

チルが白銀の頭の上に乗って、両手に白銀の毛を摑んでハンドルのように指示を出すつもりだ。

「……。はーっ、ヒューのためだ、しょうがない。おい、チビ。どっちに行くんだ？」

『まっすぐだ！』

すっかり日も沈み暗闇に包まれた木々の間を示すチル。

白銀と紫紺は、ダッとその闇に向かって駆け出した。

白銀の足でほんの少し走った、森の中。

月明かりにキラキラと輝く泉が、顔を出した。

ぽてぽてと泉の周りを歩いたところで、チルが白銀の毛を思いっきり引っ張り、『とまれー！』と叫んだ。

「イテテテ」

ちょっぴり涙目の白銀は、頭をブンッと大きく振って、頭の上のチルを振り落とす。

『わわわわ』

ポテンとチルがぼくの両手の上に落ちてきた。

「ちる。おーさま、どこ」

紫紺に咥えられ体をプラプラさせて、両手の中のチルと顔を見合わせる。

ふよっとぼくの両手から飛び立って、泉の水面の上でぐるぐると縦に大きな円を描き出した。

『ふぇありー、さーくるで、むこうにいく。おーさま、よぶ』

チルが描き出す円の縁から水が湧いて、くるくると捩《よ》じりながら円を作り出していくのを、ぼくは口を開けて見ていた。

すごいなーと感心していたそのとき、バッビュン！　と高速で飛んできた弾丸のようなそれに、チルのちいさな体は吹っ飛ばされていく。

「「え？」」

ぼくと白銀と紫紺は、三人揃って首を傾げた。

そこには、腰に両手を当てて偉そうに胸を反らすチロが……。

『おいてくな！』

お怒りモードでした。

チルはヨロヨロと飛んでぼくの背中に隠れる。

しょうがないので、白銀が兄様のことを説明すると、ますます眉を吊り上げる、チロ。

『なんで、はやく、おーさまのいずみに、いかないの？　ばか、ばかばか』

『ひぃぃぃ』

チルの悲鳴が……。

今、行こうと思ってたのに、邪魔したのはチロだよね？

ぼくがチルの頭をよしよしと撫でているうちに、チロはさっきチルが描いていた円を超高速で作り上げた。

円の縁には水が幾重にも巻きつき、キラキラと月明かりを反射している。

『さあ、いくわよ！』

チロを先頭に、その円の中に飛び込んでいく。

ぼくは、少し怖かったけど紫紺に運ばれているので躊躇《ためら》うことなく円の中へ。

目を瞑っていてもわかる、明るさが違う。匂いが違う、音が違う。

何かが違う世界。

そっと目を開けると、さっきまでいた同じ泉のはずなのに、周りの風景は全て違っていた。

『ようこそ！　精霊の泉へ！』

妖精の指示どおりの場所へ馬を走らせ辿り着いたのは、今はもう使われていないだろう木こり小屋と物置小屋だった。

しかも、そこには……。

「白銀たちか……」

幾人も人が倒れていた。

体のあちこちから血を流して……。

馬から下りた俺は、連れてきた騎士に死体を一か所に集めることと、ヒューとレンの捜索を命じた。すぐ傍にある死体を検分してみたが、鋭い獣の爪で胸や背中を切り裂かれていた。

ご丁寧に太い血管ばかり。

「ふむ……」

辺りを見回しても白銀たちの姿は見えない。逃げた賊を追って、森の奥深くへと入っていったのか？

俺は、念のため剣を片手に持ち、物置小屋のほうへと足を向ける。

狭い小屋の中は、木箱が無造作に置かれていた。

奥に一人の男が倒れている。やはり血まみれで。

大柄な男は剣を持ったまま倒れていた。

何気なくその剣先を見ると。

「新しい……血のあと？」

白銀たちと交戦して、彼らに傷を負わせた？

いやいや、神獣フェンリルと聖獣レオノワールに、たかが小悪党が一太刀《ひとたち》浴びせるなんて無理だろう。

ならば……この血は？

その場をよく確かめてみると、切られた金髪が散らばっているのと、その周りに獣の足跡、小さな子どもの足跡があった。

ここに、閉じ込められていた？

この男が切ったのは何？

いや、誰？

なぜ、白銀たちはここにいない？

俺は、答えがわかりきっているはずの問いを何度も頭の中で繰り返していた。

すでに絶望で膝をその場についていることも、道案内をしてくれた小さな妖精の姿が消えていることにも気づかずに……。


『おーさま！』

『おーさま！　でてきてー！』

泉に着いてから、水面に向かってチルとチロは精霊王様を呼んでいる。大声で何度も呼んでいるけど、ちっとも応答がないみたいだ。

風が吹いても、静かな泉は沈黙したまま。

ぼくは紫紺に放してもらったあと、白銀の背中から下ろして俯せに寝かされている兄様の傍でずっと「にいたま」と呼びかけている。

こちらも応えてはくれないけど、呼んでいないと不安で不安で。

そのまま、兄様が神様のところへ召されてしまいそうで……。

「にいたま」

「……にいたま」

震えるぼくの声を消してしまう大声で、妖精コンビが精霊王様を呼び続ける。

『おーさま！』

『おーさま！　はやく、でてこーい！』

「あやつ、俺たちがいるのがわかっているから、無視してるのか？」

「さあね。でもいい加減、姿を現さなかったら……やるわよ？」

キラーン！　と自爪をにょきと出して、不敵に紫紺が笑う。白銀もひとつ頷くと、体の周りにパチパチと小さな雷を纏《まと》わせた。

その殺気が泉の底に届いたのかどうか、ブクブクと泉の真ん中が泡立ち、水柱が立ち始めた。

『おーさま！』

チルとチロがその水柱を囲むようにふよふよ飛ぶ。

水柱はどんどん大きく高くなり、ザップーンと泉全体を波立たせたあと、嘘のように静かな水面に戻る。

その泉の真ん中には、一人の男性が不機嫌そうに立っていた。

泉の上に。

ブルーベル辺境伯領において分家筆頭は、伯爵位を持つ白髪の翁《おきな》だ。息子に爵位を譲らずに長い間権威を独占し、分家を悪意でまとめ上げ裏でいろいろと画策している狸爺《たぬきじじい》だ。

もともと前辺境伯の時代から不平不満を溜め込んでいたのだが、息子の嫁に裕福な侯爵の三女を迎え王都の碌《ろく》でもない貴族たちと縁を結んでから、野心が止まらなくなっていった。

しかも、初めての孫は幼い頃から出来が良かったため、五歳を迎えてすぐに王都へ移し英才教育を始めさせた。

もちろん、次期辺境伯に相応しく剣術も習わせた。

ようやく、始まるのだ、ここから。

分家筆頭の地位を脅かす現辺境伯の兄、騎士団団長のギルバートから愛息子《まなむすこ》の将来を奪い、現辺境伯からは嫡男の命を奪う。

そうして、ギルバートの壊れた息子を次期辺境伯に推挙し、我が孫をギルバートの養子にする。あとは、何年か後にギルバートの息子の無能を訴え、孫を辺境伯に繰り上げさせればいい。

ほとんどの分家は、すでに掌握済みだ。

前辺境伯がうるさく文句を言うかもしれないが、剣も握れない孫を庇ったところで国王からも領民からも相手にされないだろう。

ふふふ。

辺境伯など、切っ掛けにすぎない。

そのあとは、王都に出て……。

ふふふ、はははは。

伯爵の執務室で極上のワインを味わい、輝かしい未来に笑いが止まらない老爺《ろうや》の耳に蹄《ひづめ》の音が聞こえた気がした。

「?」

広大な庭の向こうを走る馬の音など聞こえるはずがない、不思議そうに首を傾げたあと、ワインをゆっくりと口に運ぶ。

色の濃い瓶の中のワインが、迫る軍馬の地響きに揺れていることにも気づかずに。


泉の上に立つお兄さんに向かって、白銀と紫紺は二人揃って不満げに鼻を鳴らした。

「早く出てきなさいよー!　一大事なのよ!」

「けっ、相変わらず、いけ好かない奴だ」

「……お前ら、わざわざ我の地に赴いておいて、何を言っている。こちらこそ目障りだ。さっさと去《い》ね!」

美麗なお兄さんの額に、ピクピクと青筋がいくつも現れた。

ぼくは、そんなやりとりは放っておいて、兄様の怪我を泣き腫らした目で凝視している。

神様に異世界へ転生や転移された主人公は、いわゆる「チート」といわれる能力をもらっていた。

ぼくはシエル様に何かもらった覚えはないけど、チルが「面白い力」って評してたし、魔力が多くないと妖精とかは見えないらしいので、ぼくには魔力がいっぱいある、はず。

兄様の怪我……ぼくが治せないかな？

両手を兄様の背中に当てて、目を閉じて自分の中の力を探ってみる。

よく、魔力は体に流れる血のように巡っているとか、お腹の下の丹田とかいう場所に力を感じるというが、どうだろう？

んー、よくわからない。

とりあえず、兄様の怪我が治るイメージを持って、自分の両手から力が流れるように念じる。

「ぐむむむぅ」

眉間に皺が出て、鼻のまわりもくちゃってなって、奥歯を噛みしめる。

治れ治れ治れーっ。

魔法はイメージが大事だよね？　背中の傷がなくなって、元気に動けるようになった兄様をイメージ！

どれぐらい、そうしていたのか……。なんだか掌から温かい何かと時々熱い何かが流れているような？

その何かはちゃんと兄様に注がれているような？

「むむぅ」

集中！　集中！

「きゃーっ！」

白銀と一緒に愛想のない水の精霊王に文句を言っていた紫紺は、何気なくやけに大人しいレンの様子を見るために顔を向けた。

向けた瞬間絶叫した！

「な、なんだ」

精霊王と何百年ぶりの口喧嘩《げんか》真っ最中だった白銀は、紫紺の叫び声に尻尾をぶわっと膨らませて驚く。

「あ……あれ！　レンを見て！　あの子、ヒューに魔力を注いでる……」

「あ？　そんなこと、レンができるわけ……な……い……。え？」

二人の目には、紅葉《もみじ》のようなぷにぷにのレンの手から流れた魔力がヒューバートに注がれている信じがたい光景が……。

魔力の譲渡……それどころではない。

「あ、あれ……。生命力も注いでないか？」

「ぎゃーっ!!」

紫紺が男らしい叫び声を上げた。

思わず、精霊王も耳を塞ぐほどの。

「死んじゃう！　死んじゃうわよっ！　レンみたいな小さな子どもが生命力注いだら、レンが死んじゃうわよーっ」

二人は慌ててレンの傍へ駆け寄って声をかける。

「レン！」

「レン！」

しかし、恐ろしいほどに集中しているレンの耳に、二人の声は聞こえない。

むしろ、ちゃんと自分の力がヒューバートに注がれていることが嬉しくてさらに力を込めるのだ。

白銀と紫紺がレンを傷つけないように、そっと前脚でレンの体を揺さぶるが……無視だ。

最悪の想像に顔を青褪《あおざ》めさせる二人に、泉の上からスイーッと移動してきた精霊王が、面白そうにマジマジとレンを観察している。

両肩にそれぞれチルとチロを乗せ、二人の妖精からレンとの出会いを聞きながら。

「ふむ。面白い童《わらし》よ。……そうか、あの方の力の残滓《ざんし》を感じるぞ。なればこそ、こ奴らが契約しているのか……。ふむふむ」

精霊王はパチンと指を鳴らし、レンからヒューバートへの生命力の譲渡を力業で遮り、ヒューバートの体を薄い水の膜で覆ってしまう。

突然のことに、レンが驚いて振り向くと、人外の美しさの麗人が意地悪そうに口を歪めて笑って自分を見下ろしていた。

とてもキレイな人？　だ。

チルとチロによく似た蒼《あお》い真っ直ぐな髪を足元まで長く伸ばして、切れ長の目は青く輝く睫毛が煙ぶるように縁取り、瞳は泉と同じ碧《あお》い色を湛《たた》えている。

鼻は高く唇は薄い、ちょっと冷たい印象の整った顔立ち。背が高くてほっそりしているけど、男の人だとわかる程度にはしっかりとした体形。

白いズルズルとした長衣の腰を、いろんな色合いの青い組み紐《ひも》で縛っている。

「……？」

その人は、ぼくを興味深そうにジロジロと見つめたあと、くしゃとぼくの頭を撫でた。

ひんやりとしたその手は大きくて、ぼくはその気持ちよさに猫のように目を細めてしまう。

は！　それどころじゃないよ！　兄様の怪我が……。

兄様の体に向き直り、再び力を注ごうと両手をかざそうとしたら、両側から白銀と紫紺にもふんと体当たりされた。

んもう、邪魔しないで！

「ぶー！」

頬を膨らまして怒ると、白銀と紫紺のほうが目を吊り上げてぼくの顔に迫ってきた。

「ダメよ！　力の正しい使い方も知らないのに、そんなことしちゃ！」

「ただ力だけ注いでも、ヒューは治らないぞ！」

めちゃくちゃ怒られた。

ぶすぅ。

じゃあ、どうしたらいいの？　このままじゃ兄様が死んじゃうよおぅ。

ぼくの両目から溢《あふ》れ出しそうに涙が湛えられたのを見て、白銀と紫紺がわたわたと慌てる。

「そ……、それは……。あ、ちょっと、アンタ！　はやく、ヒューの怪我治してよっ！

アンタたち精霊には治癒と同等の力が与えられているんでしょう？」

「……。そこの子どもを治してもいいが……。ちと、難しい。おい、そこの童。お前も手伝え」

キレイな男の人が、ぼくを指差す。

ぼくが手伝うの？　手伝うのはいいけど、ぼくどうすればいいの？

首を傾げて男の人を見つめていると、ふよふよとその人の肩からチルがぼくの前まで飛んできて、ニッコリ笑って鼻に飛びついた。

『おーさまが、なおしてくれるから、もう、だいじょーぶだぞ。レン、よかったな』

「おーさま？」

この人が精霊王様なの？

確かにチルとチロと同じ色合いだけれども……。

さすが、王様ですね、威厳がひしひしと感じられます。

「おい、童。先ほどのように、その子どもの怪我に両手を当てるがいい」

「あい」

ぼくは言われたとおりに両手を出す。

白銀と紫紺がぎゃあぎゃあ文句を言ってるけど、ぼくが「うるちゃい」と言うと、耳と尻尾をしょんもりさせて大人しくなった。

ごめんね、二人とも。ぼくの心配してくれているのに……。

兄様の怪我が治ったら、ちゃんと謝るから今は静かに見守っていて。

「そのまま、さっきのように力を流せ。我は童を通して力を送り込もう」

そう言うと、ぼくの背中にそのひんやりとした掌をそっと当てる。

ぼくは目を瞑り、大きく深呼吸して、さっきのように自分の力を兄様へと流す。

もちろん、兄様が元気になるイメージも一緒にね。

ぼくの体から何かが抜けていく。水のように流れ出ていくそれは、兄様の中へゆっくりと確かに注がれていく。

そして、ぼくの背中から冷たい清らかな力が注がれていく。その力はぼくの体を流れるうちに、ぼくの体温で少しずつ温まってキラキラとした透明な輝きがギラギラとした強い光に姿を変えて、ぼくの両手から兄様へと。その傷ついた体全体を覆っていく。

「……にいたま、おきて」

ギラギラの光が眩しくて、兄様がよく見えなくなる。でも背中に当てられた精霊王様の手はまだぼくから離れない。

だから、ぼくも力を注ぐのをやめない。

チルとチロが不安そうに兄様の周りをふよふよと飛んでいる。

ここは、不思議な泉。

泉の姿は人の世と変わらないのに、木々は、幹も葉も銀色がかっていて薄《う》っすらと自ら発光していて、茂みも草も芝もキラキラと水が日の光を反射するように輝いている。

花は水で模《かたど》られていて、いろんな動物がいるんだけど……あれってみんな精霊さんたちの姿なのかな?

そんな世界のなかで、ぼくと兄様だけが異質。

招かれざる者なのだろう。

その罰はあとで、ぼくが受けるから。

その罪はぼくが、全て背負うから。

だから、お願い兄様を助けて……。

そう願った瞬間、一際兄様を覆う光が眩しく輝き、ぼくや白銀と紫紺たちの目を焼くと、嘘のように消えてしまった。

そして兄様の腰の辺りから、ぼわっと黒い靄《もや》が出てきた。

「ふん」

精霊王様は、面白くなさそうに右手で、その靄を払う。

やがて、黒い靄は霞んで消えた。

ぼくは、目をパチパチ。

え？　何が起きたの？　あれ、何？

「…………っ」

ぽけっとしたぼくらの耳に、兄様の呻《うめ》き声が聞こえる。

「にいたま？」

「「ヒュー！」」

『ひゅー』


この童はあの方に関係している。

そんなのは神獣フェンリルと聖獣レオノワールが付き添っているのを見れば、わかることではあったが……。

あの方はとうに、人族やエルフや獣人などに愛想をつかしたと思っていた。

その証拠に、あの方が生きる者たち全ての保護者とした神獣や聖獣は、与えられた支配地を手放し好き勝手に生きている。

あの時以来、彼らは愛することをやめてしまったのだから。

唯一、聖獣の一人が縄張りの中の一族を守っているぐらいだな。

我らはあのときも今も変わらない。

それはあの方が我らを自然とともにあるように創られたからだ。

神獣たちとは生きる意義が違う。

使命が違う。

彼らは守る者。

我らは命を創り育む者だ。

そのせいか、我らと神獣たちとの交流はほぼない。

どちらかといえばあの方の寵《ちょう》を得るライバルだ。

私は、大嫌いだ。

奴らは力の使い方が雑だし、単純で短気ですぐに傷ついて引き籠もる。

あのときもそうだった。

やめればいいのに人族たちの醜い争いなんぞに首を突っ込んで、勝手に心に傷を負い、それを癒すために長い眠りにつくわ、過酷な場所に引き籠もるわ、八つ当たりに力を振るうわ……。

その後の山河を修復したのは我らなのだぞ？

神獣たち勢揃いで暴れたあとの世界を修復するのは、結構大変だったのだぞ？

それなのに、久しぶりに会っても礼も言わぬ。

なんて、失礼な奴らだ。

しかも、奴らが訪ねてくるときは、厄介な頼み事ばかり。

いい加減にしろ。

しかも今回は我の妖精と契約した人族を連れてきた。

妖精が人と契約？

できるわけがない。

あやつらは精霊に成長する前の赤子のようなもの。

好き勝手に飛び回り、悪戯をして、自然の気を腹いっぱいに食べて寝るだけの存在だぞ？

だが、本当にこの童たちと契約していた。

チロはいずれ下級精霊になる妖精だから、まだ理解できるが……。

チルは下級精霊に時を経てもなれるかどうかわからないのに……。

まあ、レンという童はあの方と縁深い、愛し子といってもいい存在。

そんなこともあるだろう。

神獣と聖獣から命令されたら腹立たしいが、あの方の愛し子からの願いと言われれば、我も叶《かな》えずにはいられない。

力を貸すのに否やはない。

ない……が……。

困ったぞ。

我らは命を創り育む者。

人の世でいう治癒魔法に似た精霊魔法を扱えるが……この子どもの怪我は……。

ふむ、愛し子にその力の片鱗《へんりん》があるな。

ならば、その力と我の力を合わせて、この子どもに使えば怪我を完全に治し命を繋ぐことも容易だろう。

我は水の精霊王といえど、他の精霊王とは違って呪いを解除することは不得手なのだ。


ガチャガチャと鎧が音を立てる。

騎士たちが忙《せわ》しなく動き回っているせいだ。

騎士は俺の元に来ては、子爵が企てた悪事の証拠がどうとか、隣の領地で暴れていた賊の仲間だとか、必要な報告をしていくが……、俺はそれになんて答えているのか、わからない。機械的に騎士団団長としての役目をこなしているが、俺の意識は全て物置小屋に残された子どもたちの痕跡に向けられていた。

ここには、レンの保護者である神獣フェンリルと聖獣レオノワールもいない。

怪我をしてはいないか？　怖がっていないか？　無事にいるんだろうか？　……生きているんだろうか？

賊の一人がぶちまけた血の痕に、子どもたちの血が混じっていないことをひたすら祈る。

「……団長……」

気遣った騎士の一人が遠慮がちに声をかける。

こいつは今日の捕り物で騎士団本部に控えていた騎士で、俺がヒューの捜索に連れてきた精鋭中の精鋭だ。

だからこそ、レンたちと初めて出会ったハーヴェイの森の調査にも付き合っている。あの神獣フェンリルと聖獣レオノワールの驚異的な魔力の調査で、騎士団の被害を極力抑えるために、少数精鋭で向かった森だ。

そのときの騎士が幾人か、今回も同行している。みんな、レンと出会い言葉を交わしたからこそ、俺と同様の想いを胸に抱えてくれている。

しかも、ヒューとは五～七年前から騎士団の練習で奴らが新人団員のときに共に過ごしている。

「……団長。街に約束の狼煙《のろし》が上がりました」

俺が街の方向の空を見上げると、夜空に細く煙が立ち上っていた。狼煙の数を数えると五本。今回、辺境伯分家で捕縛する五家と同数の狼煙が上がっていた。

作戦は無事に成功したようだ。

「……そうか……」

俺は胸を撫で下ろした。

せめて、犯人だけでも捕まえられれば、この先のブルーベル辺境伯領の領政は安泰だろう。

前辺境伯時代からの懸念が払えることに安堵《あんど》を覚える。

ただ……犠牲が出てしまった……。

辺境伯嫡男の暗殺は未然に防ぎ、辺境伯一家の安全も確保できていた。

ただ、自分の子どもを守れなかった……。

四年前も……今も……。

あの、小さな子どもまで巻き込んでしまった……。

俺は項垂れ、利き手に持つ剣を強く握った。

胸に苦いものが広がる。

もう……、ヒューにもレンにも……会えないのか……。

「団長！」

「団長……あれ」

バンバンと強く肩や背中を叩かれて、しぶしぶ顔を向けると、

「あ……、あれ。あれ……もしかして……」

騎士の一人が震える指で森の中を示す。

なんだか、暗闇に薄っすらと白く光るものがこちらにどんどん近づいてくる。

「ん？」

よく、目を凝らして見てみる。

白いものの隣に何かが宙に浮いてプラプラ揺れている？

「んん？」

なんか、丸い光がその周りをふよふよ飛んでいる？

なんだ、あれは？

「……ま……」

んん？　何か聞こえたか？

「とーさまー！」

ビクン！　と体が跳ねる。

今の声……。

子ども特有の高い声。それは……。

俺は考えるより先に走り出す。

まさか……まさか……。

森の木立を抜けて飛び出してきた白いものの正体は、白銀の輝く銀色の体毛で。プラプラしていたのは、暗闇に紛れて見えなかった紫紺に咥えられていた意識のないレンの小さな体で……丸い光の玉はよくわからん。

それよりも……ヒューが、ヒューが、白銀の背中に跨ってこちらに大きく手を振っていた。

「ヒュー！」

ヒューは、名前を呼んで白銀の背中から抱き上げようとした俺の手をすり抜けて、ぴょんと飛び降りるとガクッと体のバランスを崩しながらも、俺の胸の中に飛び込んできた。

ぎゅうっと、力いっぱい抱き込む、我が子を。

「ヒュー！」

「父様。……心配かけて、ごめんなさい」

俺は声を出すことができずに、ヒューの言葉を否定するため頭を左右に振って、ヒューを抱く腕にますます力を込めた。


「こんなものか」

ブルーベル辺境伯領騎士団副団長。

前騎士団長は目の前に捕縛された奴らを見て、満足そうに笑った。

前辺境伯と盟友であり、実は分家である男爵家出身の彼は、今回の捕り物、前時代からの膿《うみ》を取り除くことに、特にやる気を見せていた。ちまちまとした小細工が鬱陶しく、最近ではまだ子どもの本家の嫡男や我が孫のようにかわいがっている弟子の子にまで、その魔の手を伸ばしていることに、怒りが爆発寸前だったのだ。

しかも、いよいよ捕まえて極刑にしてやると楽しみにしていた当日に、誘拐まで犯した奴らが腹立たしくて腹立たしくて！

今、自分たちの前に縄をかけられ一列に並べられ正座をさせられている悪党ども。

「ふむ。いい眺めだ」

自分が捕縛に赴いたのは分家筆頭の伯爵家。他子爵家三家と男爵家一家の計五家が今回の捕縛対象。

今回と関係のないまともな分家は子爵一家に男爵家が二家しか残ってない。

ただでさえ、辺境の地は魔獣の襲撃や隣国の侵略、貿易船の検《あらた》めと仕事が多いのに。

権謀術数がやりたければ王都にでも行けっと言いたい。

というか、殴りたい、殴ったけど。

「副団長、各隊狼煙が上がってます。こちらも先ほど上げました」

「了解」

……終わったか。

これからは辺境伯直々に取り調べ、裁判、処罰となる。

まあ、家は取り潰され、もっとマシな奴らが爵位を得るだろう。

ブツブツと何かを呟《つぶや》き、現状を直視できていない白髪頭の伯爵がいる。こいつは前辺境伯と自分と同年代の奴だったが、剣術でも勉学でも前辺境伯に劣り、終いには惚《ほ》れた女にも相手にされずに、その人は前辺境伯夫人となった。

哀れな奴めと一瞥《いちべつ》したあと、騎士団の牢《ろう》に入れるべく騎士たちに鉄格子付きの馬車の用意を指示する。

「ギルの奴は、無事にヒューたちを助けられたかな?」

夜空に細く上がる五本の煙の柱を見上げながら、副団長は呟いた。


「んゆ?」

眩しい……。

ちょっと顔を顰めて、目を細く開ける。

白いレースに囲まれたベッド、天蓋付きの広いベッド。

ぼくはムクッと体を起こして、左右を見回す。

ここは、兄様と一緒に寝起きしていたベッドの上。

――なのに、兄様はいない。

いつもなら、起きたぼくの額におはようのキスをしてくれるのに。

ギュッとシーツを摑む。

ダメだった？

兄様、ダメだった？

「……っ。ふぇ……っ。うっ、うっ」

ガチャッ。

「レーン！　起きたか？　腹減ったろう？　ごはんだぞーっ」

トテトテ入ってきた白銀が能天気な声を出して、ポスンとベッドに飛び乗る。

「レン？　起きたの？」

紫紺も続いてポスンとベッドに飛び乗ってくる。

そしてぼくの泣き顔を見てビックリ。

「ど、どうしたの？」

「……に、いたま……は？」

二人は顔を見合わせたあと、安心したように深く息を吐いた。

「大丈夫だぞ。ヒューもレンが起きるの待ってたんだ。ほら、ごはんを食べに行こう！」

ペロッと白銀に濡れた頬を舐められる。

「そうよ。ギルもアンジェも待ってるわ。早く行きましょ？」

トン、とぼくのお腹に両前脚を乗せて紫紺が誘う。

コクリと頷いて、もそもそとベッドから這い出して、ぴょんと飛び降りる。部屋に入ってきたメイドさんが、顔を拭いて着替えさせてくれた。

いつもは兄様と一緒に行く食堂までの廊下を、メイドさんに手を繋がれてトコトコ移動する。

ぼくはドキドキ。

本当に兄様は大丈夫だったの？

怪我がひどくて動けないとかじゃないよね？

「……んゆ？」

食堂じゃなくてサロンへと案内される。

メイドさんの顔を不思議そうに仰ぎ見ると、メイドさんは苦笑して、

「こちらで旦那様たちがお待ちですよ」

「にいたまも？」

「ええ。皆様お揃いでレン様をお待ちですよ」

そう言って開けたドアから、父様と母様が座っているのが見えた。

横にはセバスさんとマーサさんがいつものように控えている。

そして、後ろ向きに見えるのは……。

「にいたま？」

顔をこちらに向けて、金髪が日差しを受けてキラキラしてて、ニッコリ笑って。

「おはよう、レン」

いつもの兄様が、そこにいた。


辺境伯として爵位を継いで数年。

煩わしい分家の粛清にもう少し時間をかけるつもりだったが、愛息子の命と優秀な甥《おい》の命と天秤《てんびん》にかけたら、分家の取り潰しによる雑事など塵芥《ちりあくた》よりも軽い。

そう思って計画を早めたが、早めて良かった。

「まさか、呪いなど使う馬鹿がいるとは思わなかった。禁忌中の禁忌だぞ」

「左様ですね。しかしながら、彼らが馬鹿なのはわかりきったことですから」

しかも、甥のヒューバートの怪我が「呪い」のせいで完治しなかったなんて……。

治癒魔法をかけるのに幾度となく教会を訪ね、数えきれないほどの神官と会ったというのに、誰一人「呪い」に気づかないとは……、間抜けかっ。

「大神官も気づかないなんて……」

「呪いが禁忌とされて随分経ちますからね」

これっぽちも大神官をフォローする気もないくせに、言葉だけは丁寧に言い繕う、辺境伯の執事。

兄貴のところのセバスの兄だが……この一族の男はどうもいい性格をしている。

「しかも、レイラだけでなくアンジェ義姉様にまで呪いをかけていたなんて……な」

「盲点でした。まさか、そこまで次期辺境伯の地位を狙っているとは……」

まったくだ、と呟く。

辺境伯とは、そんなに旨味のある地位ではない。高ランク魔獣討伐が頻繁に出されるハーヴェイの森と隣接し、海からは他国の貿易船とともに怪しい積荷と怪しい奴らも運び込まれ、下手したら隣国の兵が軍船に乗って訪ねてくる、愉快な領地だ。

力を付けすぎれば王家に怪しまれ、財を貯め込めば高位貴族に目を付けられる。

代わってくれるなら代わってほしいが……、領民のことを考えれば俗物どもに渡せるわけもなく……。

まったく、損な役割だ。

「とにかく、これでレイラ様とユージーン様も戻ってこられますよ」

「ああ……。長かったな。久しぶりに家族が揃う」

ヒューバートの事故のあと、息子ユージーンの暗殺未遂が続き、二年前から父親の住む海辺の別宅へと、妻と一緒に避難させていた。時々はこちらに帰ってきてはいたが、やっと家族で過ごせる日々が戻ってくる。

「その前に、奴らの取り調べと裁判と処罰がありますが……」

「ああ……。何人かは王都に送らないと、実家がうるさいだろうな」

伯爵家に嫁いだ侯爵家の者やその使用人。他にも何人か王都に縁のある者がいるだろう。

「まだまだ、ゆっくりとはできませんね」

執事はとてもにこやかにそう言い放つ。

「ああ、そうだな。楽しみだ」

もちろん、私もいい笑顔でそう返す。

ギルバートの弟であり、現辺境伯のハーバード・ブルーベルは兄に似た顔をクッと皮肉げに歪めてみせた。

対面のソファには父様と母様。

ぼくの左隣には白銀と紫紺。右隣には兄様。

いつもご飯を食べたあとの、お茶を飲むときと同じ配置。

あー、落ち着く。

ぼくはにこにこと食事をする。

たまに兄様が「あーん」をして、ハムとか卵とかをぼくのお口に運んでくれる。

もきゅもきゅ。

「食事しながら話すことではないが……。レンにも教えておくな」

「あい」

コクリと頷きます。兄様がぼくのお口の周りをふきふき。

「ヒューとレンを攫った奴らは全員捕まえて、関係した奴らも一人残らず捕縛したから、もう大丈夫だ。俺はしばらくその関係で忙しくなるけど……」

あー、父様、また家に帰れない日が続くのか……。

が、頑張れ父様！

「実はな、俺たちの親戚というか、分家たちが犯人でな……。今回で悪い分家は全員潰すから、ブルーベル辺境伯領はますます良い領地になるはずだ。だから……レン、怖い思いしたと思うけど……、もう大丈夫だから……そのう……」

？

父様は何が言いたいの？

ぼくはお口もごもごしたまま首を傾げる。

白銀と紫紺が食べ終わったあとの毛づくろいをやめて、すんごい冷めた目で父様を見ているよ？

「父様……。そんな遠回しに言ってもレンにはわからないですよ。レン、これからもここにいてくれるかな？」

「えっ！」

ぼく、ここにいていいの？　驚いて口があんぐりと開いてしまうよ。

だって。

だって……。

ぼく、辺境伯様のところに引き取られるんでしょ？

父様と母様は居住まいを正して、真剣な目でぼくをじっと見つめる。

「レン。このままうちの子にならないか？」

「……んゆ？」

ぼくは父様と母様の顔を順番に見やって、困って白銀と紫紺を見る。

ねぇ、どうしたらいいの？

ぼく……父様も母様も大好きだから、迷惑かけたくないよ？

嫌われたくないよ？

一緒に住んでもいいの？

ずっと一緒にいてもいいの？

「レンは……いやかい？」

父様がとってもカッコいいお顔をしょんぼりさせて尋ねるけど……嫌じゃないよ、嫌じゃない。

ぼくは顔を左右に振って否定するけど……言葉が出てこない。

だって、一緒にいたいとか、家族になりたいとか我儘《わがまま》言っていいの？

ママは、ぼくが我儘を言うとすっごく怒るんだ。

兄様が、段々下を向くぼくの頭に、そっと優しい手を乗せた。

「レン。叔父様のところがいいなら止めないけど、会ってもいない叔父様のお家がいいとは思わないよね？」

ぼくはコクンと頷く。

まだ、父様の弟でもある辺境伯様とはお会いしていない。

たぶん、この分家が起こした問題のせいで忙しかったからだと思うけど。

辺境伯様の奥様もお子様も違う街に避難していて、当分は戻らないって聞いてたし。

「僕はレンにずっと一緒にいてほしい。僕の弟になってほしいな」

そっと、兄様を窺い見る。

優しい顔で笑ってる、兄様。

「でも……」

ぼく、何もできないよ。

働くママのためにお部屋を片付けたり、お皿を洗ったりしたけど、余計なことしたって怒られて叩かれたし。お話しようとしたら、うるさいから声を出すなって言われた。

ぼくってそこにいるだけで、他の人をイライラさせるみたい。

そんな子なのに……兄様と家族になってもいいの？

ぐすぐす。

いつのまにか涙が溢れて、お鼻もぐしゅぐしゅになっている、ぼく。

父様と母様は向かいに座っていたソファから立ち上がって、ぼくを後ろから前から抱きしめてくれる。

「レン。俺はいい父親になるぞ！」

「レンちゃん。母様に甘えていいのよ」

ペロッペロッと白銀と紫紺が、ぼくを心配して両手や頬を舐めてくれる。

「うー、ぐすっ」

そんなに優しくされたら、ますます涙が止まらないよぅ。

喉から押さえられない塊が上がってくるようで、ひっくひっくしゃくりあげる。

「レン。こっち向いて」

兄様の声に、拳で目をゴシゴシ擦ってパチクリ。

「に、に……いたま？」

ぼくの横で、杖《つえ》で体を支えてはいるけど自分の足で立つ兄様の姿が映る。

兄様は、にっこり笑ってぼくに「ありがとう」って……。

「……なんで？」

え？　だから、なんで？

正直、ヒューの背中の傷を見て、もう、ダメだと思ったわ。

それだけ傷の範囲が広く深かったたし、血も大分流れてしまっていたもの。必死にヒューを呼ぶレンにはかわいそうだけど、諦めさせるしかないと思ってたのよ？

あのちんまい水妖精が精霊王の名前を出したときも、さすがに死人は無理でしょうと冷めた気持ちだったわ。

妖精の輪《フェアリーサークル》をくぐって精霊界に入れたのは、アタシたちの知らないうちに二人と妖精たちが契約を済ませていたからと、白銀がヒューを背中に乗せていたし、アタシはレンを咥えていたから。

そうでなかったら、精霊といまいちな仲の神獣聖獣が精霊界に呼ばれることなんてないもの。

しかも、久々に会った水の精霊王のムカつくこと、ムカつくこと。

ホント、あいつらって偉そうで嫌いよ。

まあ、つまらない口喧嘩をしている間に、ヒューの怪我を治そうとレンが自分の魔力と生命力を与えていたのには、度肝を抜かれたけどね。魔力を与えたところで傷は塞がらないし、流された血は補えない。

ただ、生命力を与えれば暫《しば》しの延命は可能よ。

でも、レンのように幼い子がしたら、反対に自分の命が尽きてしまう。

もちろん、アタシたちはすぐにレンをやめさせようとしたけど……、あの子……ちっとも言うこときかないのよ……。

いつもは大人しくて聞き分けのいい子なのに……。

そのうち、水の精霊王が助力を申し出たのは、願ったり叶ったりだけど……。

なんで、レンを通して力を行使するのよ?

なんで、レンに負担をかけるのよ?

ギャーギャー、白銀と二人で文句を言ってたら、ヒューの体から黒い靄が出てきた。

びっくりしたわ。人の世では禁忌とされていた「呪い」の残滓がヒューの体から出てきたってことは……。

「ヒューは呪われていたの?」

「気づかなかったのか。間抜けめ！　お前はあの方が創られた聖なる獣だろうに」

精霊王が冷たい容貌をさらに凍えるように顰めて、そうアタシに言い放つ。

「気づかなかったわ……。怪我をして治らないとばかり……」

「ただの怪我なら、我の精霊魔法で治せるわ。呪いならば浄化が必須のため、その童に力を借りたのだ」

へ?　アタシは力尽きて眠ってしまったレンをマジマジと見る。

「浄化」の力をレンが……?　そんな話はあの方から聞いてないわよっ。

「まあ、本人も気づいてない力だ。あの方も幼いうちは発現しないように、その力を魂の奥底に秘めさせているようだ」

「そう……」

あの方がレンを気に入ってるのは知っているけど、特別な力は与えていないって言ってたわ。よくわからないけど「ちーと」はあげてないとかなんとか。でもあの方基準の「特別じゃない力」って、もしかしてとんでもない力なんじゃないの？

今度、神界にいる神使でも捕まえて確認しておこう。

「では、去ね」

「言われなくても、出ていくわよ。お世話さま！」

ヒューたちと離れた場所でこそこそと話してたアタシは、足取り軽く白銀とヒューのところまで戻っていく。

ヒューは自分が助かったことと、知らないうちに連れてこられた精霊界にびっくりしていたけど、今は落ち着いて眠ったレンの頭を優しく撫でている。

いいお兄ちゃんね。

隣にいる白銀は、チビ妖精とじゃれてて使いものにならないけど。

「さあ、戻りましょう。ギルも心配してるわ」

「ああ。早く行こうぜ」

フンッと鼻を鳴らして白銀が立ち上がり、ブルルルッと体を震わせる。

「白銀、紫紺。僕の脚……動くみたいなんだけど……」

困惑と顔に書いて、恐る恐るヒューが自分の脚を摩《さす》る。

「ええ。ヒューの脚は呪われていたから動かなかったの。でもレンがあの精霊王と一緒に浄化したから、治ったのよ」

「……動くんだ。僕の脚」

「そうだぞっ。お前、剣術やりたかったんだろう？　よかったな！　もう歩けるし、走れるぞ」

ヒューはレンの体を抱きしめながら、静かに泣き出した。

時折鼻を啜りながら、眠ったレンに「ありがとう」と何度も何度も告げている。

アタシたちは、ヒューが泣きやむまでしばらく待っていたわ。

もうひとつ、この妖精たちの処遇も考えなきゃいけなかったしね。


「じゃあ、にいたま、きし、なれるの？」

「さあ、それはこれからの特訓次第かな？　すぐに追いついてみせるけど」

兄様は自信ありげに脚を軽く叩いてみせた。

うーん。

怪我してから毎夜マッサージしてたのは知ってるけど……、そんなに早く無理しちゃダメだよね？

リハビリ？　しなきゃ。そんでそんで、バランスも考えなきゃ……ダメだよね？

ぼくは、キリッとした顔で兄様を指差した。

「だめでしゅ！　ちゃんと、めにゅーをかんがえて、きたえる、でしゅ！」

なんで、父様も母様も、セバスさんたちも、みんなビックリした顔でぼくを見ているの？

ぼく……当たり前のことを主張しただけだよ？

ふうーっ、と父様が上を向いて深く息を吐く。

セバスさんが目頭を指で押さえて揉《も》み込んでいる。

兄様は……ちょっとしょんぼり、残念そうな顔。

「そうだな。レンの言うとおりかも……しれん」

ぼく、頑張って説明したよ？

シエル様がもう少しお喋り上手にしてくれていたら、もっとちゃんと説明できたんだけど……、なんとかわかってもらえてよかった。

でも、ぼくの知識って深夜のテレビで見てた怪我したアスリートのドキュメンタリーの再放送と通販番組のダイエット商品なんだけど……大丈夫かな？

兄様は四年の間車椅子生活だったから、怪我が治ってもリハビリしないと歩けない。脚が動かなかった分、上半身に筋力がついている……はず。

つまり、上と下で筋力のバランスが悪いのと、怪我したほうの脚を庇っているから、左右の体幹バランスも悪い。ちなみに体力もない。

「すぐに剣の稽古を始めるより、歩く練習と体力強化……あとは、ば、ばらんすを整えることが必要か……」

「旦那様、レン様の説明は理に適《かな》ってます。確かに変な癖がつくと直すのにあとあと苦労されますし……。ポーションや治癒魔法に頼っていると体力増加することはないと、魔法省の研究論文にあったような……」

「ああ……。それは、本当だ。実際騎士団の練習では、疲労回復でポーションも治癒魔法も禁止だからな」

「じゃあ……僕は、まだ剣が握れないんだね……」

がっかり、と落ち込む兄様。

ううーん、でも無理すると成長促進にも良くないとか……？

兄様は父様とよく似ているから背も高くなるだろうし、体もまだまだ成長期だから、変に体を鍛えるのは賛成しないなー。

あ、そうだ！

「いめーぢゅ！　いめーぢゅ、とれーにぐする！」

あれあれ？　みんな、また「？」顔でぼくを見るけど……こっちの世界ではイメージトレーニングってしないの？

ぼくは、またまた手振り身振りも加えて説明しました。

ふーっ、疲れる。

「ふむ。つまり、ヒューが騎士団の練習を見ることが、その、い、いめーぢゅとれーにぐ？なんだな」

「旦那様、たぶん、イメージトレーニングです」

セバスさんがやや皮肉交じりに言い直す。

父様の嚙み嚙みもかわいいけどね。

パチンと母様が両手を打ち鳴らして、

「そうよ！　ダンスの練習も上手な人のステップをよく見なさいって教えられるわ。きっと、見るだけでも身に付くはずよ！」

ぼくは、母様の言葉に大きく頷きます。

一流のアスリートさんたちもしているトレーニングなんだよ！

「騎士団の練習……」

「ヒューはまだ、騎士団の練習を見るのは……つらいか？」

父様が心配そうな顔で兄様の様子を窺う。

兄様は俯けてた顔を勢いよく上げて、満面の笑顔をみんなに向けた。

「僕、騎士団の練習見たい！」

「そ……そうか。セバス、ヒューの、り、りはびり、メニュー？　を考えてくれ。お前、得意だろ？」

「かしこまりました。医師とも相談しますし……坊ちゃまの意見も聞きますよ」

セバスさんが丁寧にお辞儀をして答える。

なんか、マーサさんも涙ぐみながらニコニコしているし、お家がより一層明るくなった気がする。

「セバス、大事なアドバイザーを忘れてるよ？」

兄様は横に座っているぼくをひょいと膝抱っこして、頭を撫で撫で。

「レン。僕が騎士になれるように、ここにいて僕を助けてくれるよね？」

「んゆ？」

え……それって……。

「あ、おおー、それはいい。レン、俺からも頼む。ヒューのことよろしくな！」

「そうね。レンちゃんがアドバイスしてくれたら、安心だわ」

え？　え？　これって、「外堀を埋められた」状態では？

ぼくは白銀と紫紺に助けを求めるが、白銀はお尻を向けて尻尾をふりふり、紫紺は顔をコシコシ前脚で洗っている。

「でも……。ぼく、いると、えっと……あちょちょり……あ・と・と・り……もんだいが……」

次期辺境伯の座を巡って、分家同士が結託して起きたお家騒動アゲインになっちゃう要因は、排除しておいたほうがいいと思う。

この場合、その要因がぼくの存在だけど。

「跡取り問題？　あー、大丈夫、大丈夫。どうやらアンジェと辺境伯夫人も呪いにかけられていて、今まで子どもがもうけられなかったんだ。その呪いも教会ですぐに解呪できるから、辺境伯のところに子どもができるかもしれないし。まあ、別にヒューが辺境伯になってもいいし。養子って手もある。レンは気にするな」

いや、父様……気にするなって、今すんごいこと聞いたよ?

母様が呪われているって……。

ぼくは、ちょっと顔を青くしながら母様を見たけど、相変わらずニコニコしている。

「大丈夫よ。明日にでも教会に行って解呪してもらうから、心配しないで」

うん、大丈夫ならいいや。

でもこの世界って「呪い」とかあるんだね、怖いな。

「さあ、レンが気になったことは全部解決しているから……。僕の弟になってくれるよね」

「俺の息子だな!」

「私の息子よ」

「「私たちの坊ちゃまです」」

みんなが、ぼくの返事を待っている。

ぼくはコクリ、と唾を飲み込んで。

「……よ、よろちく……おねがい……しましゅ」

両手の指をもじもじさせながら小さく言うと、ぼくの体が兄様の膝からぐいーんと高く持ち上げられる。

父様が笑いながらぼくを高い高いしている。

くるくる回って大きな声で。

「今日からレンは、レン・ブルーベルだ！」

シエル様、ぼく……お友達だけじゃなくて、家族もできました！

神様の日記帳　一

私は狐の神使。

ちょっと頼りない神様に仕えております。

その神様の憩いの場所、異世界の神界へと扉をくぐります。

まったく、神様が異世界の箱庭に夢中で、日本《こちら》での仕事が溜まって溜まって、神使は社畜のように働いてます。

今日こそ、縛ってでも連れ帰らなきゃ！

そんな神様、箱庭『カラーズ』ではシエル様と名乗ってますが、なんか水鏡の前でがっくりと落ち込んでますね？

どうしたんでしょう……。

「神様。シエル様。いかがしましたか？」

ゆっくりと顔を上げられます。

こちら仕様のシエル様は金髪碧眼《へきがん》で、ギリシャ神話のようなズルズルとしたお召し物を、好んで着ておられます。

いいですけどね、本当は黒髪黒目ののっぺりしたお顔ですけど。

「ううぅぅうっ。レ、レンくん……ちっとも教会に来てくれないんだあぁぁぁぁぁっ」

神様、心からの叫びでした。

うるさいですね。

私は自慢のふさふさ狐耳を手で押さえます。

「レンくんが覚えてないのはしょうがないよ。でも、でもさぁ、フェンリルとレオノワールは覚えてて、レンくんを連れてきてくれてもいいじゃない！　なのに、なのに……」

わんわーんと大きな声で泣き出しましたよ、神様。

貴方、一体おいくつですか？

神代の時代から……ちっとも成長されてませんね？

「異世界に転生されて、まだ落ち着かれないのでしょう。そのうち、思い出して訪ねてくれますよ」

「うう～。せっかく、僕が目星をつけてた家族と会えて無事に保護されたのにぃ。すぐに教会に来てくれたらあの子が呪われてるのも教えてあげたし、辺境伯の厄介な分家たちの計画も教えてあげたのにぃぃぃ」

どこからか出した白いハンカチの端っこを噛んで、キイーッとヒステリーを起こしている。

やれやれ。

「とりあえず、呪いも解除できましたし、没交渉だった精霊とも接点ができたわけで、終わりよければ全て良しでいいではないですか」

「それだよ、それ！」

神様は獣体の私の両前脚を摑んでガックンガックン揺さぶる。

ちょっ、やめてください。

「水の精霊王なんて、僕がレンくんのこと頼みに行ったら、生き物は管轄外だとか、どっかの役所の人みたいな対応だったのに、結局は力貸してるし、妖精は契約してるし……。僕、神様だよ？　みんな、僕のこと軽く扱いすぎだよ！」

それは、神様の普段の行いが悪いのです。

威厳って言葉を知ってますか？

そう問い質《ただ》したいが、私は神様とは長い付き合いなのでお口にチャックです。

「僕なんて、レンくんがちゃんと新しい世界で幸せに過ごせるように、あの子の夢に干渉して弟のいる楽しい生活を刷り込ませて、あの子の両親にも、使用人にも施して。そういう地道な努力を誰も褒めてくれないっ」

「何やってるんですか！　ダメでしょ、人の世に干渉しては！」

「夢だもん。セーフだよっ！　いいじゃん、ここは僕が唯一神なんだからっ。しかも、あの執事……めちゃくちゃ手強《てごわ》かったんだぞ。下手したらこっちが精神干渉受けるところだったっ……」

貴方、神様でしょ？

ご自分が創った人に攻撃されてどうするんですか？

「はあーっ。とにかく、あちらでの仕事が溜まってます。今日はあちらに戻ってもらいますよ！」

「えー、やだよ。やっとレンくんに家族ができたんだよ？　今日はお祝いのパーティーがあるんだって……。楽しみだなぁ」

いや、貴方が参加するんじゃないでしょう。

「ダメです！　仕事が滞ってたら、出雲《いずも》に行ったときに怒られますよ！」

「やーだー！」

ブチッ。

私は後ろに二、三歩下がって助走をつけ、てやーっとジャンプ！　見事に後ろ脚で神様の右頬をゲシッ！

ぷにゅと肉球が当たりました。

「ふわわわわっ」

さて、腑抜《ふぬ》けになったところで、神様の後ろ襟を摑んで、引きずり移動します。

まったく世話が焼ける。

「やだよー、レンくんの様子を見守りたいよー」

ぐすぐす、泣かないでくださいっ！

「無理です。どうせ出雲に行ってるときはこちらの世界のことは禁止ですよ？」

そうです。

日本の神様が集まるというある時期、出雲にいる間は異世界の箱庭に関してはノータッチが暗黙の了解なのです。

「うーん……、今から対処しておかないとな……。うーん」

「そんなに覗き見たいなら、カメラでも仕込んだらどうですか？」

私の投げやりな提案に、神様はむむむと考えます。

「防犯カメラ……はダメ。ドローンで撮影……もダメだよね。うーん……あっ！」

急にすっくと立ち上がり、私の体を持ち上げてスタタタと次元の扉へと歩き出す神様。

「いいこと考えた！　早く戻ろう。戻って奴のところに行かなきゃ！」

「神様？　ど、どうされるのです？」

「ふふふ。神使を借りてくるのさっ」

神様……、もう少し優しく持ってください。

そこは……胃の腑が……、うげぇ。

春花祭編

ぼくが、『カラーズ』という日本の神様が別に創った世界に転生して、三か月くらい経ちました。

こちらの世界の暦は、一〇日がひと区切りで三〇日が一か月。それが三か月でひと季節、一年は春夏秋冬それぞれ三か月ずつで一二か月。

前の世界の三～五月が「春の一月」「春の二月」「春の三月」になって、お正月みたいな一年の始まりは「春の一月」の一日になるみたい。

ぼくは、お正月が過ぎた「春の一月」にこちらに来たらしい。

残念、こちらの世界の新年のお祭りを見たかった……。

そして、白銀と紫紺が教えてくれたけど、ぼくを転生させてくれた神様、シエル様は、ぼくに特別な能力は与えていないという話だったけど、それなりの力は贈ってくれたらしいって。まだ子どもだから自分の自由に使えないんだって、むむ、ちょっと残念。

でも、贈ってくれた力は「チート」ではないらしい。

うん、ぼくが「チート」と思う人が目の前にいるよ？　兄様には「チート」が与えられているのに違いない。

なんでか？

だって……兄様はもう歩けるし、全力疾走はまだ無理だけど、剣のお稽古は始まっているの。

まだ、リハビリ始めて一か月半くらいなのに……。

「しゅごいねー」

ぼくは、騎士団の練習場の端っこに用意された椅子に座って、足をプラプラ揺らしている。目の前には剣を握った兄様と、剣の型を教えている騎士さん。

団長の父様は午前中は騎士団本部の執務室で書類仕事。

代わりに兄様に剣を教えてくれる騎士さんは、ぼくとハーヴェイの森で会った騎士団の中でも実力者という三人が交代で担当してくれている。

アドルフさんは大柄で力技の大剣を得意とする騎士さん。

バーニーさんは身軽でスピード命の長剣使いの騎士さん。

クライヴさんはやや小柄で双剣を使いこなす騎士さん。

もう一人いた騎士さんは魔法士さんなので、剣の稽古のときに会うことはないなー、残念です。

今日は、兄様はバーニーさんに剣の型を教えてもらって、何度も何度も型の練習をしている。

ちなみに白銀は他の騎士さんの練習にと、雷魔法を連発しながら追いかけっこしているけど、あれ？　練習になるのかな？

騎士さんたちが叫び声を上げて、必死に逃げているけど？

紫紺は、ぼくの隣で優雅にお昼寝してます。

お昼の鐘が鳴って、兄様の稽古が終わります。

この世界は時間を教会の鐘が教えてくれるんだ。

前の世界の朝六時頃に一回鳴って、そのあとは二時間ごとに回数を増やしつつ鳴っていくの。お昼は一二時だから、鐘は四回鳴るよ。

夕方六時にまた鐘は一回鳴るのに戻って、夜の一二時に鳴ったら終わり。

「レン、お待たせ。戻ろうか？」

「あい」

ぼくはバンザイして、兄様が椅子から下ろしてくれるのを待つ。兄様はひょいと軽々ぼくの体を持ち上げると、優しく下ろしてくれた。

全然、体がブレませんね？　ぼくを抱っこしてもフラフラしないし。

ちなみに兄様は、下半身の筋力アップのため、ぼくが教えたアンクレット型の重りをつけている。

最初は片足一キログラムぐらいの重さだったのに、ぼくに内緒で片足二・五キログラムぐらいに増やしているのを知っているんだから。

その重さを付けたまま剣の稽古をして、ぼくの体を軽々と持ち上げる。兄様、もう大丈夫だね？　もしかしたら一二歳の平均能力を超えてると思うよ。

騎士団本部、施設と隣接してぼくたちの住むお屋敷は建てられている。

兄様の脚が治ったので、生活がいろいろと変わったこともあるよ。

まず、兄様の部屋が一階から二階に移りました。

もともとの兄様の部屋が二階にあったんだけど、兄様の部屋の隣をぼくの部屋にして、壁に扉を付けてお互いが行き来ができるようになっています。

……寝るときは相変わらず一緒に寝ているんだけど……。

朝、起きたら兄様からキスしてもらって、身支度。ぼくはメイドさんにしてもらってるけど、兄様はもう自分で着替えたりしている。

朝ご飯は食堂でみんなで食べる。ぼくは兄様に手伝ってもらいながら。

食べ終わったら父様はお仕事へ。みんなで父様をお見送りして、兄様はリハビリと剣のお稽古。ぼくと白銀と紫紺はその見学。

母様は、お家に届いた手紙を確認したりお庭に植える花を決めたりと、お家の中のお仕事全般。

お昼ご飯を食べたら、ぼくはお昼寝。兄様はお勉強。

午後のお茶を楽しんだら、母様と兄様とでぼくのお勉強をみてくれる。

夕飯は父様と一緒に食べて、お風呂に入って、白銀と紫紺をブラッシングして、おやすみなさい。

おだやかで楽しい毎日です！

「んゅ?」

今日は、珍しくお昼ご飯に父様も一緒だった。

ぼくは兄様が「あーん」と口に入れてくれた、クリーム味のショートパスタをもぐもぐ。

「ん?　レンはわからなかったか?　お祖父様のところでお祭りがあるから、家族みんなで遊びに行こうって話だよ。お祖父様のところならすぐに行けるしな」

にこやかに父様と母様は顔を見合わせてるけど……お祖父様のいるところって海辺の街でここから馬車で五日くらいかかるって話だったよね?

異世界の遠近の感覚がぼくにはわからないんだけど……馬車で五日の場所って近いの?

ぼくは首を傾げて眉を寄せる。

「あははは。ちがうよ、レン。父様の父様じゃなくて、母様の父様のところだよ。ブルーベル辺境伯領と隣接しているアースホープ子爵領のことだよ」

兄様が僕の頭をよいしょと真っ直ぐに直して教えてくれる。

「そうよ。私の実家。今、アースホープ領では春花祭の準備で大賑《にぎ》わいなの。お父様もお祭りに合わせて元気になったヒューと新しい孫のレンちゃんに会いたいってお手紙が届いてね」

母様のお話を聞くと、ブルーベル辺境伯領は東西に細長い領地でほとんどを魔獣の多いハーヴェイの森と接している。南東の方角に海辺の街があり、北西には標高の高い山脈。

自領を移動するより、隣接している領地に行くほうが近いらしく、アースホープ領は馬車で鐘二つ半……五時間くらいで行ける場所なんだって。

「アースホープ領はお花の栽培が盛んでね、それぞれ季節ごとに花祭があって、春花祭が一番賑やかなのよ。三日間お祭りが続くんだけど、今回はお祭りの間、ずっと滞在していようと思うの」

「たのちちょー」

母様はウキウキと少女のようにアースホープ領のお話をしてくれるので、ぼくもすごくすごく楽しみになってきた！

これって旅行だよね？　家族旅行なんて前のときも行ったことがないから、ぼく初めてだっ！

「かあたま、しろがねもしこんも、いっちょ？」

「ええ」

「とうたま、ちるとちろも？」

「ああ」

「せばしゅさんも、まーささんも？」

「「もちろんですとも」」

「ふわわわわ」

「ほら、レン。零しちゃうよ。そんなに興奮して。ふふふ、みんなが一緒なのが嬉しいんだね？　僕も嬉しいよ」

兄様が、ご飯を零して汚れたお口を、ナフキンで丁寧に拭いてくれた。

出発は七日後だけど、ぼくは今からすっごくドキドキワクワクしています!

そして、あっという間に出発の日を迎える。

騎士団本部の前広場に馬車が二台と、護衛騎士さんの乗る軍馬が三頭、ぼくたち家族の出発を待っています。

後ろの馬車には、今回の家族旅行に同行する執事のセバスさんと侍女頭のマーサさん、メイドのリリとメグ、従者のトムがぼくたちの荷物を後ろに積んで乗り込みます。

ぼくらの荷物の量がすごかった……。

大きなトランクいっぱいに洋服を詰め込んでるのを見て、不思議に思ったよ。だって二泊三日の荷物の量じゃないんだもん。

でも、父様も兄様もぼくの分と同じぐらいの荷物があって、母様の荷物はそれよりも多い、トランク三つだった。

いったい……何をどれだけ持っていくの?

馬車に積まれていく荷物を呆けて見てたら、後ろから父様がぼくを抱き上げて、馬車に乗せてくれる。

「ほら、出発するぞ。途中でお昼休憩はするが、ずっと馬車に乗るからな、我慢してくれ」

「あい」

ぼくは、先に乗っていた兄様の腕の中に預けられ、膝抱っこへ。この膝抱っこが通常モードになりつつあって、ちょっと困る。

ぴょんぴょんと白銀と紫紺が小さい獣姿で、馬車に乗り込んでくる。白銀の尻尾が旅行の期待にブンブン振られているのが、かわいい。

護衛の騎士さんは、いつものメンバー。

巨人族と人族の混血で大柄なアドルフさん。赤髪ツンツン短髪に目付き鋭い金眼がかっこいい人だ。

狼獣人のバーニーさんは、灰色の長髪を後ろでひとつにまとめていて、人好きする紺色の瞳は愛嬌《あいきょう》があるんだ。

そして、狼獣人だからか白銀といると主従関係ができるようで、白銀が偉そうにしている。

クライヴさんはエルフと魔族の混血で、他にもいろんな種族の血が入っているらしい。ぴょんと、いつも寝癖が付いた茶色の巻き髪に桃色の丸い瞳で、無口なお兄さん。

もう一人は魔法士のレイフさん。金髪のもじゃもじゃ頭でぶ厚い眼鏡《めがね》をかけてるから、よく顔が見えない人。人族で魔力が多くて、魔導書が大好きな変人って騎士団の中では有名なんだって。

前の世界でいう、「不思議ちゃん」かな？

護衛騎士さんが少ないのは、やっぱり父様が団長で強いってことと、執事のセバスさんが目茶苦茶強いらしい。

えー、セバスさんそんな風には見えないんだけど……。

セバスさんは、代々ブルーベル辺境伯に仕える執事の一族で、なんと男爵子息だった。父様が結婚して、家を出るときに一緒に付いてきたんだ。

ちなみにブルーベル辺境伯のお家には、セバスさんのお兄さんが執事を務めていて、引退した前辺境伯のところにはお父さんがいるらしい。

セバスさんは父様よりちょっと若くて綺麗な人。濃い深緑色の髪の毛を後ろに撫でつけていて、切れ長のスッとした眼はぼくと同じ黒眼。背が高いけどスラッとして細身なんだよ? 本当に強いのかな? 片眼鏡を愛用していて頭はとても良さそうに見えるけどね。

父様とは幼馴染だから仲は良いけど、本当の力関係では父様は負けていると思う。

ぼくや兄様にはとても丁寧で優しい人だよ。

そんなメンバーでガタゴト馬車に揺られて、さあ出発!

ウキウキワクワクと外を眺めていると、かなり早い速度でブループールの街を抜けて領壁を通り抜けて、草原へ。

「ブルーベル辺境伯領のハーヴェイの森と接している南側の反対は草原地帯なんだよ。強い魔獣は滅多に出没しないけど、スライムやホーンラビットはいるし、空からワイバーンが来ることもあるから、外に出るときは注意しようね」

「あい」

兄様はぼくが外の様子を確認できるように、窓から外を一緒に見ながらいろいろ教えて

くれる。

膝抱っこのままで。うん、いいんだけど、ねぇ？

今日はいいお天気で、青い空にぽっかり白い雲がいくつも浮いてる。

緑鮮やかな草原は、見える限りずーっと続いてて、気持ちがいい。

「アースホープ領の近辺には魔獣が住む森もないしな。治安もいいし。レンが好きな甘いお菓子もいっぱい種類があるぞー！」

父様のおやつ情報に興奮したのは、ぼくじゃない。

『おかしいっぱい、おれ、たべるー！』

『ワタシもー。ワタシも、たべるー！』

小さな光の玉が高速でブンブン、狭い馬車の中を飛びまわる。

ぼくたちの横の座席に座って、反対の窓にかじりついて外を見ていた白銀も、前脚をバタバタ足踏みして訴える。

「菓子だと？　食うぞ！　どこだ、早く出せっ。俺はちょこれーとがいい。あ、ぷりんもいい。あ、待て！　ぱんけーきも捨てがたい……」

「何やってんのよ、アンタたち」

紫紺が呆れて鼻で笑っていた。


アースホープ領に向かう途中でお昼休憩です。

セバスさんたちが忙しなく動いて、あっという間にセッティングしてくれました。

敷物の上に座って、サンドイッチをパクリ。

「おいちい」

「おいしいねー」

兄様の笑顔が今日も眩しいです!

モクモクとお口を動かして食べ進めます。

ところで、ぼくのお喋りがなんだかより一層幼くなった気がしています。紫紺が言うには、前の世界の言葉《にほんご》で話していたのが、こちらの言葉を覚えてきたことで言語が切り替わったせいらしいです。相変わらず、頭の中ではスムーズに考えてお喋りしているのに、それが口に出せないので、むむむとしますが……しょうがない。

夜、兄様に見守られながら発声練習もしてますよ?

ただ、早口言葉を練習すると、兄様の笑顔が深くなって白銀と紫紺が胸を押さえてうずくまる理由がわかりません。

ぼく、とってもマジメに練習しているのにぃ。

さわさわと爽やかな風が吹いて、母様の茶色の髪がふわふわと泳ぎます。

——気持ちいいな。

ピクニックみたい。ピクニックなんてしたことないけど。そもそも、前のぼくは毎日お外で遊んだり散歩したりできなかったし。

あー、幸せだな。

くふふと笑っていると、父様がぼくの頭をその大きな手で撫でてくれる。

「お腹いっぱいになったか？」

「あい」

満面の笑みで答えます。

隣で猛烈な勢いで食べていた白銀が、前脚をペロペロして鼻をピクピク。

「花の匂いがするな」

「ほんと。アースホープ領が近いのかしら。いろんな花の匂いがするわね」

紫紺がぼくの足に前脚を乗せて、みょーんと体を伸ばして教えてくれました。

アースホープ領の春花祭、お祭り楽しみだなー。


その後、安定の兄様の膝抱っこで馬車に揺られること二時間、アースホープ領の領壁が見えてきました。

ぼくはお昼寝していたのであっという間だったけど、休憩していたところから馬車で二時間も離れていた場所なのに、白銀と紫紺はよくお花の匂いがわかったね？

今は、ぼくたちにもお花の芳しい匂いが漂ってくるけど、もしかして鼻のいい白銀たちには匂いがキツイかも？

「しろがね、しこん。おはなのにおい、だいじょーぶ？」

白銀と紫紺は、馬車の座席にだらしなく伏せながら、片目だけをパチリと開けた。

「大丈夫よ。花の匂いならね」

「うーん、まあ、平気だな。いい匂いだぞ」

「よかった」

ぼくはふたりの頭をナデナデしたあと、馬車の窓から外を見てみる。

……並んでる……。

長蛇の列が街道を埋め尽くしていた。

これ……ぼくたちも並ぶんだよね？　街に入れるのはいつになるの？　お祭り始まっちゃうかもしれない。

そう不安に思っていると馬車は街道をやや逸れていき、正門とは違うこぢんまりとした門のほうへ進んでいきます。

こ……これは、もしかして！

「ふふふ。僕たちはアースホープ領主用の門から街に入るから、あの列には並ばないよ、レン」

「いいの？」

「アンジェは領主家の令嬢、元子爵令嬢様だからな。問題ないぞ。ダメでも、騎士専用の門を使えばいいしな！」

父様がいい笑顔でサムズアップしてきました。

なんだか……ズルをしている気もするけど……、でも街にすぐに入れるのは、嬉しいよね！

門番の人に馬車に掲げているブルーベル辺境伯の紋章を確認してもらってダメ押しに母様が馬車の窓から会釈すると、門は大きく開いていく。

門番の人たちが両脇に並んで、胸に手を当て騎士の礼をしてぼくらの馬車を見送ってくれた。

「ふわーっ、かっこいい」

ビシッと決まっている騎士たちのその姿に、感動。兄様と母様はにこやかに手を振ってご挨拶していた。

そんな中、白銀が体を起こして厳しい目付きで今まで走ってきた草原を見つめる。

「どうちたの？」

「……いや、気のせいか……。なんだか、誰かに見られているような……」

紫紺が猫のように体を伸ばしたあと、バシッと白銀の後頭部に猫パンチ！

「イテッ！」

「今頃気がつかないでよ。その視線ならブループールを出たところからずっとじゃない。悪いものじゃないから、アタシは見逃してたけど……」

「え？　そう？　そうだっけ？　あれ？」

白銀は伏せて叩かれた頭を両前脚で抱えていたけど、紫紺の言葉にキョロキョロと辺りを見回して首を傾げる。

『なんか、いたか？』

『何も、いないわよ？』

その視線には、ちびっこ妖精ズも気づいてなかったらしい。

ぼく？　ぼくも知りません。白銀たちのやりとりに兄様と父様が難しい顔して、うむうむ唸っている。

「大丈夫よ。人の視線ではないし、魔力も感じなかった。魔獣だったとしてもランクの低い魔獣ぐらいの生気だったわ」

その言葉で、馬車の中の緊張感が少し解けた。

パッカラパッカラ、馬車は人通りの少ない道を進む。

「紫紺が大丈夫と言うなら、信じよう。さあ、ヒュー、レン。お祖父様のお屋敷まですぐだぞ」

「ええ。今はお祭りの準備で大通りは人が密集しているから、貴族街を抜けていきましょう」

気持ちを切り替えるように、母様がにこやかに言葉をかける。ぼくと兄様は大きく頷いて、再び馬車の窓から見える街の様子に興味を移す。

「………………ただ、神気を感じるのよねー」

石造りの大きな建物をいくつも過ぎて石畳みの道を緩やかに昇っていくと、薄緑色の壁に明るい茶色の屋根のかわいいお屋敷が遠くに見えてきた。

鉄の門が固く閉ざされていたのに、門番に馬車の紋章が見えたのか左右に緩やかに門が開いていく。ぼくたちが乗った馬車はパッカラパッカラと軽快に芝に変わった道を進んでいく。両脇に葉を青々と茂らせた木々が並んで立っている道が、やがて小さな噴水に辿り着いた。

お屋敷の前は広場になっていて、そこにはぼくらを歓迎するように色鮮やかな花が満開に咲いている。

「きれー」

ぼくは、目をキラキラと輝かせて手足をバタバタ。絵本の中に出てきたお屋敷みたいで、興奮してます!

ブルーベルのお屋敷は騎士団に隣接しているせいか、カチコチに固い雰囲気なんだよね。でもここは、欧州《ヨーロッパ》にある貴族のお屋敷って感じです。

「ほら、降りるぞ」

馬車の扉が外から開かれる。セバスさんが扉を開けたあと、恭しく礼をして立っていた。

父様がまず降りて、母様が降りるのを手を差し伸べてエスコート。

かっこいいです、父様!

そのあとは兄様が自分の足で降りて、ぼくも自分で降りようとしたら、父様と兄様の両方から手を差し伸べられた。

え？　どっち？

父様と兄様でバチバチ火花飛ばしているけど……、え？　ぼく、どうしたらいいの？

父様と兄様の顔を交互に見て困っていたら、スッとセバスさんが抱っこして降ろしてくれました。白銀と紫紺もぴょんと飛んで降りてくる。

妖精のチルとチロは、魔力の高い人には光の玉として見えちゃうから、見えないように姿を隠してもらっているよ。チルはお気に入りの白銀の頭の上、チロは兄様の肩にちょこんと座ってうっとり兄様を見つめている。

「アンジェ！」

男の人の大きな声に驚いて目をやると、壮年っぽい男の人と女の人が母様に駆け寄って、嬉しそうに抱きしめていた。

「レン様。お祖父様とお祖母様ですよ」

セバスさんが教えてくれたけど……お祖父様たち、若いよね？　三〇代に見えますが……。

お祖母様なんて、母様とあんまり変わらないよ？

セバスさんの声にグリンとこちらを向いたお祖父様たちは、兄様の体を抱き上げてくるくる回り始めた。兄様の驚いて焦っている顔は、なかなかレアな表情です。

「おおー！　ヒュー。脚が治ったのは本当だったのだな！　よかった！　よかったなー！」

お祖父様は涙を流しながら抱きしめた兄様に頬ずりして、「よかった」と何度も喜んだ。

隣でお祖母様も涙をハンカチで拭きながら、兄様の頭を撫でて笑っている。

今度は兄様が恥ずかしそうな顔で「ありがとうございます」とはにかんだ。

うん、うん。

ぼくと白銀と紫紺は頷いてその幸せな情景を、ただ見つめていたんだ。


目の前には、色鮮やかなスイーツたちが鎮座してます。

シフォンケーキと生クリームたっぷりのケーキ。ベリーのタルトとレモンパイ、ババロアとプリン。

お祖父様とお祖母様がニコニコとして紅茶を楽しんで、母様はあれもこれもとスイーツを山盛りお皿に取って嬉しそうに口に運んでいて、それを父様が幸せそうに見つめている。

母様の大好物ばかり並べてあるらしいよ、このスイーツ天国は。

兄様はプリンをスプーンでひと口掬っては、「あーん」とぼくの口へ。

ぼくと白銀と紫紺はお行儀悪く、ぐてぇとソファに体を沈めています。お祖父様とお祖母様の熱烈歓迎は、血の繋がっていない孫のぼくと、子犬と子猫にしか見えない白銀と紫紺にも及んだ。

高い高いからの高速クルクルは、キツかった……。

若干乗り物酔いになった感覚が抜けない。白銀と紫紺も同じように小さい体を弄ばれたうえ、頬ずりしまくられていた。

「レン、おいしいかい？」

「あい。おいちい。……じいちゃ」

「そうか、そうか。もっと食べなさい」

……。

これ以上食べたら、クリームで気持ち悪くなっちゃうよ。

ぼくの口では「お祖父様」「お祖母様」と上手に発音できなかったので「じいちゃ」「ばあちゃ」呼びになってしまった。ふたりとも、喜んでくれたからよかったけど……今日も寝る前に早口言葉と発声練習をしなきゃ！

「神獣様と聖獣様もお口に合ってますか？」

「おいしいわよ。甘すぎないし、カスタードクリームが絶品ね」

「……肉、くいたい」

途端、ゲシッとお尻を紫紺に蹴られる白銀。

ダメだよ、折角用意してくれたのに別の物を欲しがっちゃ。

「しろがね、めー」

白銀はお尻をふさふさ尻尾で守りながら、ぼくを上目遣いに見てしゅんとした。

セバスさんたちはぼくたちがこのお屋敷でお世話になるので、この家の使用人さんたちにあれこれレクチャーされに行ってて不在です。

万能執事のセバスさんがいたら、お肉がポンッと出てきたかもしれないね。

「しかし、事前に知らされていたが、神獣様と聖獣様とお会いすることができるなんて、夢のようだ」

「本当に。それも、こんなかわいいお姿で」

お祖父様とお祖母様は、白銀と紫紺にきゃいきゃいとはしゃいでいる。

「白銀だ」

「紫紺よ。名前で呼んでチョーダイ」

……ふたりとも、スイーツを口いっぱいに頬張りながら言っても……かわいいだけなんだけど。


春花祭は、今日の夕方にお祖父様が領主として始まりの挨拶をしてからスタート！

初日は、まだ屋台などのお店の準備が整っていないので静からしいけど、新種のお花の品評会があるんだって。

お祭り中、気に入ったお花に票を入れて一番を決めるんだけど、一番になったお花はその年一年、アースホープ領のシンボルとして取り扱われる栄誉が与えられる。だから、お花を作っている人は一年に一回の品評会を目指して頑張ってるんだ。お花の品評会は春花祭だけだから、春花祭のメインといってもいい催し物になっている。

ぼくも楽しみ！

そして、次の日がお祭りの本番。

いろんな屋台や大道芸人、歌や踊り。その日だけの特別メニューやお土産物があったり、ぼくたちみたいに他の領地からの観光客も多いんだって。

しかも、夜には花火が上がるそう。

わー、楽しみ。ぼく、花火を生で見るの初めてだよ！

そして三日目はお昼に品評会の順位を発表して、お祖母様の終わりの挨拶。街のみんなで後片付けをして、ゴミを積んで火を点《つ》けてお祈りして終わり。

ぼくたちはお祖母様の終わりの挨拶のあと、馬車に乗ってブルーベル辺境伯領へ帰る予定。

スイーツ祭のお茶会を終えたぼくたちは、またまた馬車に揺られて貴族街を抜け、お祭りのメインストリート手前で馬車を降ります。

人がいっぱい……。みんな目まぐるしく動いて、働いてる。屋台があちこちで建てられていて、荷車を引いて駆けまわる人もいる。

「わー。しゅごーい」

ぼくは、口をパッカーンと大きく開けてその様子を見ている。兄様はくすくす笑ってぼくの頭を優しく撫でてくれた。

前夜祭のためにお祖父様とお祖母様。父様と母様と兄様。ぼくと白銀と紫紺。セバスさんとマーサさん。あと騎士さんたちで春祭りの会場、アースターの街まで来たけど、お祭りの準備で街全体がすごい騒ぎになっているよ！　街の様子にびっくりしているぼくに、お祖父様はニヤリと笑ってある場所を指差す。

「ほら、あそこがセレモニーの会場だ。じいちゃが挨拶するところだぞ。もっと近くで見ようなー」

お祖父様が教えてくれた場所はここからだと遠くてよく見えないけど、街の真ん中に大きな噴水があって、その周りが広場みたいになっているようだ。簡易なテントと違って、木造の舞台が作られていて、その周りに色とりどりの何かがいっぱい置かれている。

「舞台の周りに置いてあるのは、品評会に出された新種のお花よ」

お祖母様がそう教えてくれた。

みんなでゾロゾロと街の人のお仕事の邪魔にならないように、舞台のある会場へと移動していく。

「うぅん？　また、視てるわね」

紫紺が苛立しく呟く。

「どうちたの？」

「気にしないで、大丈夫よ」

そう言いながら、紫紺は周りを確認するようにキョロキョロ。

「捕まえるか？」

「……。やめときましょ」

剣呑《けんのん》な視線を飛ばす白銀に、ため息ひとつついて紫紺は頭を振る。

ぼくにも正体不明な視線がわかるかな？　試しに目を瞑って意識を集中させてみた。

〈……で。……で。……おい……。こ……〉

「んゆ？」

なんか、聞こえた。

笛の音と微《かす》かな歌声。

それに交じるように……誰かが、呼ぶ声？

「レン。そんなところで立ち止まったら迷子になるよ。さあ、手を繋いで行こう」

兄様に手を繋がれて歩き出すけど……、あの声はなんだろう？

考え事をしている間に、舞台まで歩いてきました。ぶわっと広がるお花の香り。

ぼくたちみたいに他の領地から来ている人たちなのか、気に入ったお花の前でお喋りしています。

ぼくも、お花見たい。

お花はいろんな種類があるみたい。前の世界でのバラやユリ、ランみたいな花もあった。色はピンクや赤、黄色やオレンジが多いかな？

そんな中、人がまばらにしかいないお花が目に入った。

どのお花も人がいっぱい群がっていたから、このお花は人気がないのかも……。

そっと、そのお花に近づく。

どのお花も甘い匂いをさせていたのに比べて、そのお花は爽やかでスッキリとしたミントみたいな匂い。色も唯一の寒色系で、五枚の花弁がユリの花のように広がっていて、真ん中に真ん丸なふわふわがある。

ぼくはそのお花に夢中になった。すごくすごく気に入って、目が離せなくなっちゃった！

だって、だって、そのお花の色！　綺麗な青色。澄んだ青色。お空の色のように澄んでいて、海の色みたいに輝いている、青。そして花弁の縁には金粉をまぶしたような煌《きら》めき。

その色合いは、ぼくの大好きな……大好きな……。

ぼくは、後ろをそっと振り返る。

そこには、ぼくを見て微笑む兄様。

金色と青色。

――ぼくの大好きな色。


ぼくは母様に膝抱っこされて、お祖父様の挨拶が始まるのを待っています。

すっごく、疲れた顔をして。

だって、大変だったんだよ？

ぼくたち家族に用意された椅子に座ろうとよじ登っていたら、ひょいといつものように兄様に抱き上げられてお膝に乗せられた。いやいや、ちゃんと自分の椅子に座りますよ、と思ったら、その椅子には白銀と紫紺がちょこんと座っていて。あれあれ？　と思ってたら、兄様の膝の上から、またまたひょいと抱き上げられたぼく。

犯人は父様。

爽やかな笑顔で、兄様に言い放った。

「ヒュー、ずっと抱っこしていたら疲れるだろう?　レンは父様が抱っこしてあげよう」

ニコーッとぼくたちに笑いかける父様。

いやいや、だからぼくはひとりで大人しく座ってられるよ?

呆然《ぼうぜん》と父様の顔を見ていたら、その手から奪うように兄様がぼくの体をひょいひょいと取り返す。

「大丈夫です。父様こそお疲れでしょう?　レンの面倒は僕がみますよ?」

兄様もかわいい笑顔を父様に向けるけど……、なんかパチパチ火花が散っているような?

白銀の雷魔法なの?　と白銀に視線を向けると、「けっ」と吐き捨てて横を向いてしまった。

そのあと、父様と兄様の間を何往復もひょいひょいと移動させられてぐったりした頃、優しい手が僕の体を抱きしめた。

「あらあら、レンちゃんは母様と一緒に座りましょうね」

母様は、すとんと父様と兄様の間の椅子に座る。

ズーンと暗い雰囲気を漂わせて、父様たちは大人しく椅子に座ったのだった。

そんなぼくたちの様子を、お祖母様は「仲がいいわねー」と微笑ましく見つめていた……らしい。

その後、お祖父様の春花祭の開始の挨拶が始まった。

長い話が始まるのかな?　と思ってたけど、あっさり終わっちゃった。

でも素敵な挨拶だったよ。

お祖父様は、自分の領民たちに労《ねぎら》いと感謝の言葉を述べて、観光に来た他領の人に自領のアピールをして、最後に「楽しんでくれ」と。ちっとも偉そうにしないお祖父様は領民たちにも人気者らしく、「おおーっ」と雄叫びが上がったあと、「領主様、バンザーイ！」と称《たた》えられていた。

ちょっと恥ずかしそうに舞台から降りてきたお祖父様は、寄ってきた領民の人、一人一人の話を聞いてあげて、握手して、ゆっくりとぼくたちの元に戻ってきた。お祖母様は、優しい顔でお祖父様を迎えている。

「さて、夕食を食べるにはまだ早いから、少し見て回ろうか」

父様の言葉にぼくは、品評会に出されている、あの青い花を思い出した。

……もう少し、見たいな……。

「ん？　レンは見たいものがあるの？」

兄様の問いかけにちょっと、まごまご。

見たいって言っていいのかな？　迷惑じゃないかな？　嫌がられないかな？　ど、どうしたらいいの？

「レン。いいんだよ、思ったことを口に出して」

兄様だけじゃなくて、父様と母様までぼくの顔をじっと見つめる。

「……。んっと……あおい、おはな……みちゃいの」

あそこ、と青い花を指差して、みんなに教える。

兄様は、母様の膝の上からぼくの体を抱き上げてスタスタと歩いていく。

青い花へと、真っ直ぐに。

「にいたま？」

「ん？　見たいんでしょ？　僕もレンが気に入ったお花が見たいよ」

「ん……。ありがと」

ギュッと兄様の上着を掴む。嬉しくて顔が赤くなるのがわかった。

お花を充分に堪能してひと通り広場の周りを見て回り、予約していたお店に夕食を食べに来ました。

でも、スイーツ祭のあとなので、そんなにお腹空《す》いてないんだよね。

セバスさんがぼくには、ローストビーフの入ったサラダと具沢山のクリームシチュー。パンとフルーツを頼んでくれました。他のみんなはフルコースです。

あんなにいっぱいケーキを食べた母様もフルコースの夕食。女の人の、甘い物は別腹、は本当のことみたい。

相変わらず、兄様に食事の補助をしてもらって食べ進めてると、お祖父様が父様に難しい顔で話し始めた。

「実は……前から花祭のときは他領から来る商人を狙っての盗賊が増えることがあってな。我が領兵も監視を怠らず見回っていたのだが……。今回はちといつもと違う困り事が起きていてのぅ……」

「どうしたのですか？　義父上《ちちうえ》」

「ブルーベル辺境伯騎士団にも協力してもらって、盗賊などの取り締まりは順調だったのだが……。何人か行方不明者が出ているのだ……、しかも子どもの」

「子どもの行方不明……て人さらいですか？」

沈痛な顔で頷くお祖父様。

どうやらいくつかの商隊から、ぼくぐらいの小さな子どもが行方知らずになっているとの報告があったらしい。

夜、寝るときはいつもどおりで、朝起きると忽然《こつぜん》と姿が消えているという。

「……街の外で野営しているときに、子どもだけいなくなるのですか？」

「そうなんだ。誰にも気づかれずに子どもだけが消える。もう四人もだ。性別も年齢も出身地も種族もバラバラでな……。祭りの間に子どもが迷子になるのはよくあることだが、街の外で夜中に子どもが迷子になるってのもな……」

「あり得ませんね……。で、捜索はどうなってるんですか？」

「うーん、こちらも祭りの間は人手を余計には出せないし……。しかし子どもが行方知らずというのは……。それでだな……」

「ああ……。わかりました。こちらに寄こしていた騎士団と、追加で援軍を辺境伯に頼んでおきますよ。明日の午後には揃うかと」

「すまんが頼む。他領の商人といえど、無下にはできんからな」

お祖父様は少し安心したのか、グラスのワインをひと口飲んで、ぼくたちに向かって、

「お前たちも祭りの間は気をつけるのだよ。毎年、迷子が多くて領兵や自衛団は対応に大わらわで、祭りを楽しむどころじゃないからな」

「はい。レンは僕がちゃんと守ります」

兄様がカッコよくキリリと宣言する。

ぼくも兄様たちから離れないように気を付けようと、両手を握りしめる。

でもな……チラッと白銀と紫紺を見る。

紫紺は大丈夫。

でもな……。

ぼくは、塊のお肉をはぐはぐと食べて、口の周りをベタベタに汚している白銀を見て、不安になる。

……お肉の匂いにつられて、迷子になりそう……。

楽しい夕食を食べ終わって、ガタンゴトンと馬車に揺られて帰路を進む。ぼくは移動の疲れとお腹がいっぱいになったので、半分は夢の中。父様の腕の中で、うつらうつらしています。同じく満腹の白銀と紫紺もすやすやと夢の中。

兄様が父様に「レンを返して！」と文句を言ってるのが聞こえたかと思えば、「レンを独り占めするな！」と応酬する声が聞こえる……気がする。

そして、馬車の窓の向こうに広がる星空を、閉じかけの眼でぼんやり見送っていると……。

微かに聞こえる笛の音と歌声……。

〈……おい……で……。こ……、おい……。こっち……、……で……〉

呼ぶ声……。


レンとヒューがベッドの中ですやすや寝ている頃……、アースホープ領領主邸のサロンでは寝酒を嗜《たしな》みながら大人がこそこそと集まっていた。

「ヒューが思っていたより元気で良かった。歩行に問題もなさそうだしな」

「本当に。とっても明るい顔で、弟思いのお兄ちゃんになっていて」

ニコニコ朗らかに語るアースホープ領領主夫婦に、こちらはやや暗い顔で、ぼそぼそと話し始める。

「ヒューのことは奇跡が起きたようで、とても嬉しく思ってます。回復も順調で何も問題はないのです。ただ……レンのことで、ご相談が……」

「レンちゃん……いい子すぎるのよ」

ふうっとブルーベル辺境伯騎士団団長夫人は、頬に手を当てて切なげに息を吐く。ブルーベル辺境伯騎士団団長は、両手の指を組んで俯いていた顔を上げる。

「どうしたら、レンは私たちに我儘を言ってくれるのでしょうか！」

「……は？」

領主夫婦は揃って首を傾げた。

とにかく、レンは我儘を言わない。欲しい物も好きな物も言わない。やりたいこともしてほしいことも言わない。出されたものは文句を言わずに食べる。大人が忙しそうにしていたら、じーっとしている。

最初は遠慮しているのかと思ったけど、そうじゃない。

「なんだか、怖がっているようで」

「？　お前たちをか？」

「いいえ。義父上たちへの態度で確信したんですけど、レンは私たちぐらいの年齢の大人が怖いのでは？　と。二〇～三〇代ぐらいの男女には怯えるような仕草を見せます。つまり……」

「レンちゃんは、両親に暴力を振るわれていたのかなって……。でもね」

アンジェリカはチラッとセバスに視線を送る。

「はい。入浴の介助をしたときに確認しましたが、その痕はありませんでした」

一同、うーんと唸る。

「大人に対しての恐怖心と、やや狭いところや暗いところも怖いみたいですね。人見知りではなく人慣れしていませんし、最初は外に出るのも躊躇していました」

セバスの報告を聞いて、全員が嫌な想像をする。

「……奴隷か」

「それも違法奴隷でしょうね。躾《しつけ》として鞭が使われますし、狭い檻《おり》の中で地下での売買がセオリーですから。……奴隷か……」

「でも、どうやって白銀ちゃんと紫紺ちゃんと会ったのかしら？」

うーん、と再び唸る一同。

「もしかして……人目を避けてハーヴェイの森を通っていたときに魔獣に襲われて、奴隷商ごと被害にあった……とか？」

「そうだな。たまたまレンだけが助かったのか……。都合よく神獣様と聖獣様が助けられたのか……」

あんな小さい子が森の中奴隷商とともに移動をしていて、恐ろしい魔獣に襲われ壊滅……、危ないところを神獣様と聖獣様に助けられる。

「なんて、不憫《ふびん》なんだ！」

領主と騎士団団長は滂沱《ぼうだ》の涙を流す。

セバスはさっとハンカチをふたりに手渡した。

「かわいそうに……」

ほろりと涙を零しながら、胸にふつふつと湧く母性本能。

「ギルバート！　レンをヒュー共々大事に育てよ！　二人が幸せになるように、頼んだぞ！もちろん我々も協力する！」

「当たり前です！　ただ……どうやってレンの心を癒せばいいのか……。くっ、自分が情けないっ。魔獣相手なら臆さないものを……」

「ギル。私もヒューも一緒に頑張るわ！　一つ一つゆっくりと家族になっていきましょう」

「アンジェ……」

ふたりはガシッと手を繋ぎ、熱く見つめ合う。

セバスは、アースホープ領邸のメイドにテーブルの片付けを頼み、ギルバートの前から酒瓶を取り上げ、それはそれは美しい笑顔で提案した。

「……明日のためにそろそろ休んだほうがいいのでは？」


朝。

いつもと同じように兄様が「おはようのキス」を額にチュッと送ってくれる。

ぼくは眠い目をこしこしこしながらご挨拶。

「おあよーごじゃいましゅ」

むむ、昨日も早口言葉と発声練習したのに、眠気に負けてカミカミになってしまった。

ブルーベルから付いてきたメイドのリリとメグに、朝の身支度をしてもらう。メグ……服はなんでもいいんだよ？　そんなに悩まないでください。

「メグ。レンの服は動きやすいので頼むよ」

「かしこまりました」

兄様のひと声で、コーディネートが決まったのか、パパッと着替えさせられる。

「あれ？」

紫紺の自慢の尻尾には、ピンクのシルクのリボンが結ばれていて、白銀は首輪のように青いリボンが結ばれている。

「ああ、お祭りのときは印をつけておかないと……そのう……野良と間違えられちゃうかられ」

兄様が苦笑して教えてくれた。

冒険者で従魔連れも多いブルーベルと違って、初心者冒険者ぐらいしかいないアースホープ領では従魔の取り扱いは厳しいらしく、従魔とわかる印をつけないとダメなんだって。

でも白銀と紫紺はぼくのお友達で、従魔じゃないんだけど……。

ぼくの眉が八の字になったのがわかったのか、紫紺がお尻をフリフリ歩いてきてぼくの頬をペロッと舐めた。

「いいのよ。気にしないで。いらない騒ぎになるぐらいだったら従魔のフリをしているわ」

「あー、俺も別にかまわないぜ。ただ……これ……くすぐったいんだ……」

カシカシと後ろ脚で首元を搔《か》く白銀。

それは、そのうち慣れると思うよ……たぶん。

「さあ、朝ご飯を食べて、お祭りに行こう」

兄様の差し出した手にそっと自分の手を重ねた。

ギュッと握ってくれる、兄様。

「あい。おまちゅり、いく！」

春花祭、始まります！


やってきました！　春花祭会場!!

お祖父様とお祖母様たちと朝ご飯を軽く食べて、馬車にゆらりと揺られて着いたのはアースターの街の入り口。楽しそうな人の騒めきと、お客さんを呼び込む大きな声、あちらこちらと走り回る子どもたちの笑い声が街中を包んでいる。

ぼくは、街のいたるところに作られたお花のアーチにびっくり。

「よし。早速屋台で、何か食べる物を買ってくるか！」

父様が腕まくりして屋台を物色し始めるけど、お祖父様はしょんぼりして腕に抱いたぼくを下に下ろして兄様と繋いでいた手を放して、そっとぼくたちと離れる。

「仕事じゃ……。なんで領主は祭り当日は忙しいんだ……。孫と祭りも楽しめん」

お祖父様が愚痴り出した。

た、たいへんだね、お祖父様。

お祖母様が、丸まったお祖父様の背中を撫でて慰めているよ。

「お父様、お昼ご飯と夕食は共にできるのですから、お仕事頑張ってください」

「アンジェ……」

「お祖父様。頑張ってください！」

おお、兄様も？　ぼくもお祖父様を励まさなきゃ！

「じいちゃ……がんば……ちぇ」

ちょっと噛んじゃったけど。

お祖父様は眼をうるうるさせて、お祭りの実行委員みたいなおじさま軍団に連れていかれた。

「さぁ！　まずは肉串だなっ！」

「いやです。さあ、ヒュー、レンちゃん。野菜やハムを挟んだパンがこっちに売ってるわ、行きましょ」

母様に手を繋がれてぼくと兄様は人が並んでいる人気の屋台へと移動する。

父様は「肉串……」とガッカリしてたけど、セバスさんに「一人で食べてなさい」と言われて渋々違う屋台へと移動していった。

屋台での買い物は面白い！　母様が買ってくれたパンは、前の世界のホットドッグみたいな形をしていた。そのあとはポテトフライとミートパイ。フルーツゼリーとかドーナツを買っては歩きながら食べた。兄様と半分こしながら食べたけど、もうお腹がいっぱい。

セバスさんに買ってもらったレモンの果実水を飲んで、次はどこに行くの？

「あら、露店で本を売ってるわ。見に行ってみましょ」

母様の後を歩いていくと、赤い布の上に乱雑に本が積み重なっているお店。

母様は料理や手芸の本が積んであるほうへ父様の手を引いて見に行って、嬉しそうに何か話してる。ぼくは兄様と絵本を物色中。チルも興味津々で見ているけど、君は字が読めるの？　チロは相変わらず兄様のお顔に夢中。

「レンはどういうお話が好き？」

「んー……」

勇者やお姫様の話も好きだし、熊さんのはちみつ探しの話も面白かった。妖精の出てくる本も良かったし……。

「あ、しろがねとしこんのおはなし……ある？」

「ああ……。あんまりその題材の本はないんだよな……。あ、じゃあ創世記の絵本は？」

はい、と一冊の絵本を手渡された。

「……そうせいき？」

「この世界がどうやってできたか？　ていう神様の話だよ」

神様……。

シエル様のこと？

ぼくは、絵本にしてはなかなかの厚さの本をぺらりと捲《めく》った。

……ん？　ちょっと難しい……かも？

「にいたま……むじゅかちい」

ぼく一人では、読み進められそうにもない。残念、せっかくシエル様のお話なのに。

「ふふ。じゃあ、僕が寝る前に毎日少しずつ読んであげるよ」

だから、この本は買おうねとぼくの手から本を取って、母様たちへ持っていってしまう。

「ヒュー、他にも何冊も持ってたわよ」

「読んでやるんだろ、レンに」

今日は大人しく従魔のフリをするためなるべくお喋り禁止令が出ている二人は、こそこそと話し合う。

本屋のあとは玩具屋さんで、父様が楽しそうにぼくにバブルフラワーという名前の魔道具を買ってくれた。前の世界のしゃぼん玉なんだけど、丸い形じゃなくてお花の形でしゃぼんが出てくるんだ。わーい、あとで兄様と一緒に噴水広場で遊ぼう。

なんでか、父様が「ヒューばっかりズルい！」といって自分の分も買ってたけど……。

雑貨屋さんでは、母様が新しいクレヨンとお絵かき帳を買ってくれた。

あと、花の種と苗。一緒にブループールのお庭に植える約束をしたよ。

お昼ご飯は、噴水広場の一角に用意されているテーブルと椅子に座って、またまた屋台のご飯を食べました。お祖父様が張り切って、美味しいと評判の屋台の料理を買ってきてくれた。

どう見ても……ピザだったけど。

美味しかったです。

他にもパスタやサラダ。アイスクリームもあったよ。

そして、ぼくには避けられない時間。

今日は夜遅くまで起きてていいからと昨夜は兄様と二人で早めに寝たけれども、お子様のぼくには……無理なんだよね。

「お、レン。眠いのか？」

うつらうつらとレンの頭が揺れて、ギルバートの腕やヒューの肩にゴッンゴッン当たってしまう。

「ふふふ。お昼寝しなきゃね。ギル？　本当に頼んでしまっていいの？」

「ああ。俺がレンを見ているから、アンジェは義母上《はは》と買い物を楽しんでくればいい」

ギルバートはセバスの他、護衛に付いてる騎士たちも荷物持ちとして連れていくよう伝える。

「じゃあ、僕も残ります。父様だけじゃ、たいへんでしょう」

ふんすっとヒューが勢い込んで言うが、アンジェはゆったりとした口調で反対する。

「ダメよ。ヒューのお洋服もいっぱい買いたいんですもの。ヒュー、背が伸びて去年の服は入らないのよ？　夏用の服と稽古着……欲しいでしょ？」

「うっ」

ヒューの中で、夏用の稽古着とレンのお昼寝を守る任務がギッタンバッコン、シーソーのように揺れる。

「ヒューもアンジェと一緒に洋服屋に行ってこい。レンには俺だけじゃないぞ。白銀と紫紺もいるからな」

ギルバートはかわいい息子の頭をやや乱暴に撫でてやる。

しかしギルバートの本音は、正直、女の買い物に付き合いたくない、である。どんな目にあうのかは、何度も経験していてわかっている。

今回、ギルバートはヒューを生贄《いけにえ》に捧げるのを決めていた。ついでに騎士たちも。後ろに集まった護衛の騎士たちの元に行き、こそっと耳元で告げる。

「奥さんをもらったときの予行練習だと思え」

独身の騎士たちはなんのこと？　と首を傾げていたが、このあとに嫌ってぐらいに理由がわかるだろう。

「じゃあ、行ってくるわ。レンちゃんのこと、よろしくね」

かわいい愛妻は小さく手を振って、戦場《みせ》へと旅立った。ギルバートもにこやかに手を振りながら、騎士たちと愛息子の無事の帰還を祈っていた。しめしめと笑いながら。


賑やかな祭りの喧噪《けんそう》の中、最近家族に加わった小さな天使は、すやすやとベンチで眠っている。自分の着ていた上着を体にかけて、タオルを枕代わりにして、気持ち良さそうに寝ている子ども。

ギルバートは、自分とは違うサラサラの黒髪を梳くように撫でた。レンに添い寝するように、紫紺が体を丸くして寄り添っているが、白銀は足元でヘソ天で寝ている。

少々野性を疑うし……神獣とは？　と思うが、幸せな午後のひとときだ。

そこへ、噴水広場に荷車を押しながら若い男が「風船だよー！　子どもは集まれーっ」と呼び込みを始めた。

「風船か……」

そうだ、子どもというのは風船を欲しがるものだ。

レンも欲しいだろうし、ヒューもまだ欲しい年頃かもしれない。

寝ているレンを起こすのはかわいそうに思えて、紫紺に「ちょっと離れるから、よろしくな」と囁《ささや》いて、風船を配る男のもとへ小走りで向かった。

白銀は気持ちよく寝ていたのに、ギルバートの脚の動きに反応して目が覚めてしまった。

何事かと、ギルバートを見れば、どうやら風船があるほうへ向かっている。

「なんだ？」

「風船をもらってくるんでしょ。レンとヒューのために」

眼を瞑ったままの紫紺に教えてもらった白銀は、自分も欲しい！　と駆け出した。

レンの護衛のことなど、すっかり忘れて。

「……しょうがないわね」

まあ、近くに悪いことをしそうな輩《やから》はいないから、大丈夫でしょ、と紫紺も呑気《のんき》に昼寝を続ける。

「……んゆ……」

あたたかい光がいっぱい。

ぼくの周りには、いつのまにかあたたかい光が溢れていたの。

それは、白銀と紫紺。兄様や父様と母様。チルやチロ。他にもいっぱい。

夢の中であたたかい光が、ぼくの周りでチカチカ。でも三つあった光のうち二つが遠くに離れていく。

ぼくの傍には一つだけ……。

いやだよ、行かないで。

ぼくは、手を伸ばして離れていく光を摑もうとして……。

「危ないっ！」

一瞬、宙に浮いたぼくの体を、誰かががっしりとホールドしてくれた。

びっくりして目が覚めた。

「だ……だれ？」

ぼくを抱きしめてるのは、誰でしょう？

「大丈夫か？　危なかったぞ。ほら、ちゃんと座れ」

ストンと寝ていたベンチに座らせてくれた、お兄さん。

ぼくは、驚いたまま目がその人から離せない。

たぶん兄様と同じくらいの年齢かな？

真っ赤な髪の毛を少し長めにしていて、やんちゃそうな顔つき。いや、将来イケメンになるんだろうなー、とは思う。目が明るい紫色。兄様より骨太な印象だけど、ちょっと痩せすぎかな？

そして、ぼくがじーっと見ているのは、その立派な三角耳と尻尾です。

ふさふさです。

ぼくを助けてくれたのは、獣人のお兄さんでした！

——この子が助けなくても、レンのことはアタシの風魔法で守られてるんだけどね、と丸くなっていた体を大きく伸びしてペロペロと顔を洗いながら、そっと囁いてぼくの隣に座る紫紺。

「坊主、一人なのか？」

「……しこん」

ぼくは、隣に座る紫紺の両前脚の脇に手を入れて、お兄さんに紫紺を紹介する。

紫紺はちょっと嫌そうな顔で、ぼくを見る。

ああ、みょーんって体が伸びちゃったのが、嫌なのかな？

「いや、猫だけじゃダメだろう。そのぅ……親はどうした？」

困った風に頭を掻くお兄さんに、ぼくは父様を探してキョロキョロ。

あ、いた。何してるの？　なんか沢山の子どもたちに囲まれてるんだけど？

そして白銀もぴょんぴょん跳ねて、何してるの？

ぼくが父様を「あっち」と指差すと、お兄さんは風船に群がる人たちを見て「ああ」となぜか納得してた。

「しょうがないな……。戻ってくるまで、いるか……」

「いいの？」

ぼくのことは大丈夫だよ？　だって紫紺が一緒だもん。

でも知らない人に、白銀と紫紺のことは話しちゃダメってお約束だし。むむ、困ったな。

「ああ。すぐに戻ってくるだろうしな。俺はアリスターだ」

「ぼく、レン」

よろしくなと笑って、ぼくの頭を優しく撫でる。

ぼくが何気にずっと尻尾とかを見ているのに気づいたお兄さん、アリスターは苦笑して。

「なんだ獣人が珍しいのか？　俺は狼獣人なんだよ」

「もふりたい……でしゅ」

「へ？　……まあ、いいけど」

ほら、と尻尾が差し出される。

おおぅっ、真っ赤な毛色の尻尾だなんて……もふもふ……もふもふ……。

うーんアンダーコートの毛が柔らかい。

「おにいしゃん、おまちゅり、きたの？」

尻尾を撫でまわす手を止めずに聞く。

アリスターは複雑そうな顔して、ぼくの好きにさせてくれていた。

「ああ……仕事かな？」

「いいの？　じかん」

仕事中なら、早く戻ったほうがいいのでは？

サボってたと怒られてしまうよ？

「ああ、仕事は……夜、だからな」

ぼくはびっくり！

この世界は、前の世界と違って子どもでも働く。親の手伝いもあれば、冒険者として働く子もいるし、料理人など職人さんに弟子入りしたりする。

だから、アリスターぐらいの年なら働いててもおかしくはないけど……夜に働いてるとは……。

「レンはこの街の子か？」

「ちゃあう。べつのりょうちから、きたの」

ぼくの言葉になぜかほっとするアリスター。

なんで？　この街の子だとダメなの？

「レンはいくつだ？」

「えっと……みっちゅ」

ぼくは、指を三本立ててアリスターに見せた。年齢を聞かれるのは、ちょっとドキドキする。ぼく、本当は九歳だからね。

「そうか……。俺の妹は五歳なんだが……友達になれたかもな……」

なんで、残念そうに言うの？

友達なら、ぼく欲しいんだけど？

「ともだち……なるよ？」

アリスターは痛そうに顔を歪めて、ぼくの頭を撫でて「ありがとう」と言う。

なんだろう？　アリスターは何が言いたいの？

でも撫でてくれる手は、ただただ優しい。

「あ、とうたま」

父様がぼくの名前を呼んで、こっちに戻ってくる。

……すごい、両手にこれでもかっと風船の紐を持って。

白銀も口にいっぱい風船の紐を咥えて、スキップのように跳ねながら戻ってきてるんだけど、その姿を見た紫紺がダアーッと駆けていき、白銀の体をゲシゲシ蹴り出した。

二人の喧嘩はいつものことだけど、ぼくは動揺してオロオロしてしまう。

アリスターはベンチから立ち上がって、ぼくの耳に顔を寄せた。

「……レン。祭りが終わったらこの街を出ろ。この街で夜を迎えるな」

そう怖い声で囁くと、噴水広場から足早に去っていってしまう。

ぼくが止める間もないままに。

「どうしたの、レン？」

紫紺に声をかけられるまで、ぼくは去ったアリスターをずっと見送っていた。

狼獣人のアリスターに囁かれた不穏な言葉の意味が理解できず、父様たちに相談しようとしたぼくの顔に沢山の風船がぶつかる。

「ぶっ」

「さあ、レンはどの色がいい？　どの色が好きなんだ？」

ニッコニッコの上機嫌の顔で父様が、さあ選べ！　とぼくの顔にぎゅうぎゅうと風船を押しつけてると、白銀も紫紺にシバかれたのを忘れたかのように、尻尾を高速に振って風船を見せびらかしている。

うー、ちょっと風船が多すぎてよく見えない……。

「ほら、そんなにしたらレンが苦しいでしょ。ちょっと離れなさい！　……じゃないと、割るわよ」

シャッキーンと爪を伸ばして紫紺が父様を脅かしてくれたので、風船圧迫地獄から解放されました。

ふぅーっ。

でも父様は期待の籠もった目をキラキラとさせて、選べ！　選べ！　とせがんでくる。

好きな色は決まってるんだよなあ……。

やっぱり、兄様のお目々の色で……。

「んっと、あ……、あ……」

青い色が欲しいと言えない。

じっーと父様たちが、ぼくを期待の眼で見つめている。

これは、あれだ。ぼくが何色を選ぶかが、重要だ。

青色を選んだら、兄様と同じ眼の色の父様と、アイスブルーの眼の色の白銀はいいよね。

でも母様と紫紺は？

んっと、んっと、じゃあ……金色の風船はないし、ぼくの髪と眼は真っ黒だし、そんな色の風船はないし……。

「あ……」

「「「あ？」」」

ど、どうしよう。

そんなにぼくの好きな色って重要なことなの？

「あ……あかいの……。きょうは、あかが、しゅき」

そう、今日は、赤。今日は赤の気分だけど、明日はわからない。

父様たちにぼくが赤色が好きと誤解されても困るし。誤解されたままだと、洋服とか全部赤色になりそうだもん。

「今日は？」

父様が不思議そうな顔をしているけど、ぼくは両拳を握って何度も頷く。

「うん！　きょうは！」

「そ、そっか。赤……赤……。ああ、はい、どうぞ」

「ありあと」

ぼくは、父様から赤い風船を受け取った。

ふよふよと揺れてる風船を見て、ほーっと安心のひと息を吐く。

「じゃあ、ヒューには青色がいいか。おっと、残りは返してこないとな」

「ガルルル」

白銀は自分の持ってきた風船に「赤色」と「青色」がなかったので、ちょっとしょんぼり。

ぼくは、白銀のお口から黄色の風船を選んで、白銀の尻尾に結んであげた。三歳児の手指に蝶々結びは難度が高かったけど、頑張った。

白銀も自分の尻尾に括りつけられた風船を見て、嬉しそうに追いかけてぐるぐるその場で回っている。

うん……神獣ってなんだろうね？

父様が青色の風船だけを持って戻ってきたので、さっきのアリスターのことを話そうと思ったら……。

「レーンー！」

むぎゅうっと兄様に抱きしめられた。

そのままぐりぐりとぼくの頭に頬ずりをする。

「にいたま？」

ど、どうしたの？　何があったの？

「はあーっ、レン不足で死ぬかと思った」

「大袈裟《おおげさ》ですよ、ヒュー様」

セバスさんが冷静に兄様の言葉を否定するけど、そのセバスさんもぼくの頭をナデナデ。ナデナデ。

止まらないんだけど？　どうしたの？

そして、セバスさんの姿を見てビックリ！　大きな箱を三つも片手で持って、空いた片手でぼくを撫でていた。

そして、その後ろに騎士さんたちが両手で箱を持って、げっそりとやつれた表情で立っている。

母様とお祖母様だけが手ぶらで、ご機嫌で笑っている。そんなにいっぱい買ったの？

「試着ばかりして、疲れた。剣の稽古のほうが楽だよ」

珍しく兄様が弱音を吐く。

これ、全部お洋服なの？

買った量もすごいけど、みんなが重そうに持っている箱を片手でラクラク持っているセバスさんが怖い。だって鍛えている騎士さんたちが、二つの箱を両手で持っているんだよ。

「セバスしゃん……ちからもち」

ほえええと尊敬の眼差しを向けたのが悪かったのか、父様が悔しげに「俺はもっと持てる」と、騎士さんたちの荷物を奪い始めた。

「何をやっとる！　買ったものは先に馬車に積み込んでおけ」

「じいちゃ！」

また、別の方向から声がしたと振り向いたら、呆れ顔のお祖父様が立っていた。

「ヒュー、レーン、じいちゃん、仕事終わったぞー。一緒にお祭り楽しもうなー」

ひょいとぼくを抱き上げて、兄様の手を繋いで、さっさと舞台のある会場へ歩き出すお祖父様。

「ま、待ってください。おい、セバス、荷物頼んだぞ」

お祖父様は、ぼくたち家族のためにリザーブしていた席に案内してくれる。

「わあーっ、しゅごーいぃぃ！」

午後からは舞台でいろんな催し物があるらしく、ぼくと兄様は目を輝かしてそれらを堪能していた。あ、白銀と紫紺もお行儀よく椅子にお座りして見ているよ。

大道芸っていうの？　ジャグリングやパントマイムする人やお歌を歌う人。踊る人や手品をする人。

お茶とお菓子を摘まみながら、夢中で見ていたら時間はあっという間に過ぎていって、空が夕焼けの橙《だいだい》色から藍色に移る頃、ぼくたちは夕食のため移動することになった。

そのレストランのテラスから花火が見えるらしく、とっても楽しみ！

ぼくたちが席を立つとき、舞台に上がったのは吟遊詩人だった。

切ないギターみたいな楽器の調べと、透き通る綺麗な声で紡がれていくのは、神様の唄。

お祖父様に抱かれて移動しながら唄を聞いていたぼくは、その唄に白銀と紫紺の二人が顔を俯けて悲しげに聞いているのに気づかなかった。

そして、アリスターのことをみんなに話すのをすっかり忘れてしまっていたんだ。


ベッドの中、兄様に抱き枕にされながら、今日一日の楽しいことを指折り数えて思い出す。

ふふふ。

レストランの食事はお祖母様がぼくが食べやすいように、ワンプレートに盛りつけた料理を出してくれた。まるでお子様ランチのようなプレートが嬉しくて、頑張って自分でスプーンを持って食べたんだよ。兄様たちはハラハラしながらぼくを見てたけど、あんまり零さないで上手に食べられたんだ。

食べられるお花で綺麗に飾られたフルーツタルトを食べていたら、夜空にパーンと花火が咲いた。

みんなでテラスに出て、色鮮やかな花火を見てたけど、ぼくにはちょっと物足りない。テレビで見た日本の花火大会はいろんな形の花火があったのに、ここでは丸く菊のような花火だけ。

「もっと、いろんな、おはなのかたち、ないの？」

お祖父様はぼくの言葉にびっくり！　考えたことがなかったらしい。この世界の花火は、火薬じゃなくて魔道具と魔法で作って上げているんだって。

早速、いろんな花火を作るぞ！　ってお祖父様は張り切っていたよ。

ご、ごめんなさい、お仕事増やしちゃったかも。

お屋敷に帰ってきて、急いでお風呂に入って、白銀と紫紺のブラッシングをして、楽しいことを思い出しているうちに、眠っちゃったみたい、ぼく。

なに？

～♪～～♪♪～

〈……で。……で。……おい……。こ……〉

だれ？

♪～♪～～♪～♪～♪

〈……おい……で……。こ……、おい……。こっち……、……で……〉

笛の音。

女の子の歌声？

♪～♪♪～

〈……で。おいで。こっちに、おいで〉

「んゆ？」

誰かが呼んでいる声に、眠い目を擦って起き上がる。

部屋は真っ暗で、たぶんお外も暗い夜。
ぼくは何も見えない暗闇の中で、左右を見回す。
でも、誰も起きていない。
まだ、聞こえるんだけど……ぼくを呼ぶ声が……。
「だぁれ？」
誰も答えない。誰も……。
「んゆ？」
ぼくはコテンと首を傾げる。
なんで？　なんで、兄様も白銀と紫紺も起きないの？
いつもは、ぼくが起きるとすぐに起きるのに……。
横を見るとぐっすり寝ている兄様が。
おかしいな？
ぼくは、兄様の体を揺すってみる。
「にいたま」
小声で呼びかける。
兄様の寝息は乱れることもない。
え？　おかしいよね？
ぼくはもっと強い力で、兄様を揺すりながら大きな声で呼びかける。

「にいたま。にいたま！　おきて、にいたま！」

……起きない。

ど、どうしよう……、眠ったままの兄様に怖くなってきたぼくが泣き出す前に、ベッドの上にストンと重みが二つ降ってきた。

「どうした、レン？」

「なに？　トイレ？」

「しろがね。しこん」

よかった、二人が起きてくれた。ぼくは自分に聞こえる笛の音と歌声、今も頭に響く呼ぶ声、起こしても起きない兄様のことを上手に回らない口で必死に説明した。

「は？」

「何それ？　そんな笛の音なんて聞こえないわよ？　今も聞こえるの？」

紫紺に聞かれて、ぼくはコクンと頷きました。

笛の音と歌声はずっと聞こえているし、「こっちにおいで」と呼ぶ声も頭に響いてます。

「いやいや、それより、本当にヒューの奴が起きないぞ！」

白銀が兄様の体の上で、ぴょんぴょん飛び跳ねてみせる。

ちょっと痛そうです。

紫紺はベッドの上から下りて部屋を一周してから、首を傾げてみせる。

「特に魔法が使われている様子はないわねぇ。とにかくヒューを起こしましょう」

「どうやって?」

白銀が前脚を、兄様の頰にぷにっと押しつけている。

「レン。精霊の泉でヒューに魔力を流したのを覚えてる?　ちょっとやってみて」

「え?」

いいけど……。

ぼくは、両手を兄様の体に当てて、目を瞑り魔力か何かはわからないけど、力を流すイメージをしてみる。

「おいおい、危ないんじゃないのか?」

「危なかったらすぐに止めるわよ」

紫紺は自分の前脚を兄様の額に当てて、自分の魔力を流す。

「……んんっ」

兄様が身じろいだ!

「レン、手を放していいわよ。ヒュー、起きなさい!」

ビシッと額に紫紺の猫パンチ!

「わっ!」

兄様が飛び起きました。

痛そう……。兄様のキレイな額にはハッキリと肉球スタンプが……。

「うーん、レンが起きてるのに僕が気づかないのも不思議だし。こんなに騒いでいたのに護衛の騎士も父様も、あのセバスも気づかないのはおかしいな」

兄様は将来騎士を目指しているので、なるべく普段からも気配に敏感でいるよう訓練しているそうで、隣で寝ているぼくが起きているのに気づかないはずがないと、断言しています。でも疲れていたら、無理じゃないのかな？　まだ兄様も子どもでしょ？

確かにセバスさんが起きてこないのは、おかしいとは思うけどね。だって、ぼくが夜のトイレに起きてもすぐに気がつくんだもん。

今、白銀は屋敷を見回りに行ってるから、みんながどうしているかすぐにわかると思うけど。

「レンの呼ばれてる方向はどっち？」

紫紺が、窓の近くまで移動してぼくに尋ねる。

兄様は、ぼくを抱っこして窓まで運んでくれた。

「うんと……あっち」

ぼくが指差したほうを見て、紫紺が目を細める。

兄様は眉を寄せる。

「おかしいな。いくら祭りでも、こんな時間まで灯りを消していないのは、あり得ない」

兄様は窓の外を睨むようにして呟いた。

祭りの日は夜遅くまで灯りは点いてるが、やっぱり油がもったいないので、時の鐘が終わると消されるらしい。

でも祭りのあったアースターの街のほうは、まだきらきらと灯りが点いていて明るい。

「あっちの方向から、あんまりいい魔力じゃないのが集まってるわね」

紫紺は嫌そうに顔を顰めて言い捨てる。例えるなら、盗賊や凶悪な魔獣が沢山いる感じがするらしい。

「あ！」

ぼくは、昼間に会った獣人のアリスターの言葉をようやく思い出す。

「どうしたの？　レン」

あのね、と兄様に話そうとしたとき、白銀が猛スピードで部屋に戻ってきた。

「おいっ！　ここの奴ら全員寝ているぞ！　ギルたちだけじゃない、騎士たちも門番もだ！」

騎士たちは交代で護衛しているし、門番も交代で番をしているのに、みんなその場でぐっすり寝ていたらしい。

いったい、この街に何が起こっているんだろう？


ぼくたちは今、夜の街を爆走しています。

兄様は剣の稽古着を着て、ちゃんと腰に剣を携えてます。ぼくは、まだ頭が重くて走りづらいので、紫紺の背中に乗っています。紫紺の背中から落ちないように、兄様が紫紺とぼくをシルクのリボンでしっかりと結んでくれました。チルとチロは、チルは留守番組で、チロは主の髪の毛に摑まって、落ちないようにしてるけど……チロは自分で飛んだら？　あんなに早く飛べるんだから。

あれから……、「街の様子が変だね？」と疑問に思いながら寝直すわけにもいかず、どうしようと相談した結果、めちゃくちゃ白銀と紫紺に反対されたけど、呼ばれるほうへ行ってみることにした。

もちろん、ぼくだけで行くのは危ないから、兄様と紫紺が付き添いで、白銀とチルはお祖父様のお屋敷の人を起こして、父様たちをぼくたちのところまで連れてくる役。

兄様に昼間のアリスターの話をしたら、難しい顔でしばらく黙ったあとで、「仕組まれた悪事……かな？」と低っい怖ーい声で言うから、ぼくは思わず白銀に抱き着いてしまった。

「もうすぐ、アースターの街だ」

兄様の言うとおり、朝に見た街の飾り、お花のアーチが街灯に照らされているのが見えた。でも、灯りは点いてるのに、異常なぐらい静かだね？

祭りの夜といえば、お酒を飲んで酔っ払って大騒ぎのイメージなんだけど……。

そして、街に入ったぼくたちが見たのは、大人の人が道端どころか道の真ん中で寝ている姿だった。

しかも、一人や二人じゃない。

「なんだろ……、これ？」

「みんな、寝ているみたいね」

紫紺が一人一人、フンフンと匂いを嗅いで回る。

屋台は店じまいもしないでそのままだから、焼きすぎて焦げた肉や、注いだままの飲み物が散乱している。お店も開いたままで、飾られたお花もしんなりしちゃっていた。

「大人ばかりね。子どもは家で寝ているのかしら？　それならいいんだけど」

ただ、兄様が鋭い視線をどこかに向けて、ぼくに尋ねる。

「レン。まだ、呼ぶ声は聞こえる？」

「う、うん。きこえる」

聞こえる……というか、この街に入ったら、すっごくハッキリ聞こえるようになった。

笛の音と歌声も。

「そう。紫紺、急ごう」

「ええ」

兄様はぼくがお屋敷で示した方向へ、寝ている人を避けて走り出す。

ぼくも、紫紺に結ばれたリボンをしっかりと摑んだ。

街の門どころか、領地の門を抜けてしまった。

そして、領地の門は刻限で閉めても常駐の門番がいるのに……彼らはぐっすり寝ていました。

夜の暗闇の中、兄様はぼくと紫紺から離れないように、慎重に前へと進む。ここからは、夜行性の魔獣がいるかもしれないからだ。

そして、うっすらと前に見える人の列。

「やっぱり……。あの背の高さだとレンぐらいの子どもか……」

そう、見えている人の形が随分と小さかったのだ。最初は魔獣の群れ？　とビビッてしまった。

「……ちっ！」

「どうちたの？」

「なんでもないわ。こんなときに、例の視線を感じたのよ……、鬱陶しいわね」

白銀と紫紺だけが感じる視線だね？　不思議なことに他の人には感じられないらしい。

あの父様もセバスさんにも。

だから余計に気になるらしいけど、害はないことは確信できるって……なんだろう、その視線って。

「紫紺、ちょっと止まって。追いついてしまう」

兄様が、紫紺の首を手でポンポンと軽く叩く。

「先頭に笛を吹いてる人か、歌を歌ってる人は見えるかな？」

夜目がきく紫紺がじっと前を見たあと、頭を左右に振る。チロがブーンと飛んで列に近づいて素早く戻ってきた。

『いないわ。こども、だけ。ああ……ひゅーとおなじぐらいのこ、いた』

「僕と同じくらい？」

『じゅうじんよ』

「……アリスター？」

兄様と同じぐらいの獣人で思い出すのは、アリスターだ。彼がいるのかな？　でも、そうなると、悪い人の仲間だったのかな？

「ぼく、いく」

確かめたい。アリスターが悪い人かどうか。

だって、昼間のアリスターはとっても優しかったし、ぼくにあんなこと言ったのは、ぼくを助けようとしたんでしょ？

「……うーん」

兄様は腕を組んで考え込んでしまった。たぶんぼくに危ないことをしてほしくないんだろうな……。

でも、兄様じゃ子どもの列に紛れるのは無理だよね？　しかも剣まで持っているし。

「はーっ、しょうがないわ。レンは変に依怙地《いこじ》なところがあるから……。その笛の音と歌声に、誘われたフリして交じりましょ。でも！　ヒューも一緒によ！」

「どうやって？」

兄様は無理だよ？

どう見てもフラフラと夜に出歩く子どもに見えないし、むしろ警戒されると思う。

「弟が夜に一人で家を出たから、心配で後を追ってきたことにすればいいでしょ？　頼んだわよヒュー」

「そうだね。そうしよう。チロは僕の髪の中に隠れていて」

『わかった』

「アタシは隠蔽の魔法で隠れて後ろをついていくから、心配しないで。奴らのアジトがわかれば、チロは白銀たちのところへ知らせに行ってね」

『ひゅーが、たのむなら』
ブ、ブレないな……チロってば。
紫紺が笑顔のまま、ピクピクと青筋をいっぱい立てている気がする。兄様はチロを優しく見つめて「お願いするね」と囁いたら、チロは顔を赤くして何度も頷く。

「ふーっ、とんだ妖精ね。白銀たちもギルたちを起こせていたら、今頃、領門までは辿り着いてるはずよ。行きましょ」

「あい」

ぼくは、兄様に紫紺の背中から下ろしてもらって、小走りでちょっとヨタヨタしながら、前に見える子どもの列の後ろへと走っていく。

兄様はぼくの後ろを、そっとついてきてくれた。

紫紺は、煩わしい視線の方を一瞥したあと、夜の闇に紛れるように消えた。

神獣は、唯一神であるあの方が、最初に創り出した生き物である。

力加減がまだわからなかったため、膨大な力を持つ獣として生を受けた俺たちは、お互いが一番強いと譲らずにたいそう仲が悪かった。

そのためあの方は、再び自ら生き物を生み出す。

それが聖獣たち。

……が、奴らは先に創られた我々の出来が悪いので、新たに自分たちが生を受けたと、神獣を馬鹿にした。

そこからは、まだできたばかりの世界の地形も変わるほどの大喧嘩だ。

なぜ、あの方がその闘いを止めなかったのか……。

どうやら違う世界でのお勤め中だったらしい。

「どうやったら、ひと月の間にこんなに滅茶苦茶になるの……」

こちらの世界の神界に戻られたとき、惨状を目の当たりにして絶望されたらしい。

――申し訳ない。

その後、それぞれに守護する地を決められ下界に降り、我々は相対することが激減した。

まぁ、その後にいろいろと世界を巻き込む争いが起き、我らも参戦し敗れ癒しの眠りにつき、さらにお互い没交渉になっていったんだが……。

紫紺の奴め～。

昔からいろいろと細かくうるさい奴だと思ってはいたが……、あれこれと俺に命令しやがってぇぇぇ。

しかし、あいつと喧嘩するとレンが悲しむからな……、うん……、しょうがない。ここは、俺が大人になって譲ってやろう。

『あんたが、しんじゅう、らしくないのが、わるいんだと、おもうぞ？』

小童妖精《こわっぱ》の独り言など、高尚な俺には聞こえんのだ！

さて、紫紺に言われたとおりに、屋敷の連中を叩き起こすことにしたが、最初はギルではなくセバスにしろとのこと。

しかし、すやすや寝ているな。

ん？　こいつが寝ている姿を見るのは、初めてかもしれん。

『どうやって、おこすの？』

「ん？　紫紺が言うには魔力をぶつければいいらしい。しかし、魔力なぁ……、死なないか？　こいつ？」

俺は首を傾げる。

一応、神獣の魔力だぞ。微力でも、こいつの魔法攻撃耐性が低かったら、死んじゃうぞ？

俺様、手加減苦手なんだが……。

しかし、時間はない。俺は、レンのところに早く行きたい。

「やる、か」

キラーンと爪を輝かし、ひょいと手首のスナップをきかせ、獲物を狩るように動かす。

パチパチと小さな稲光が光り、セバスの両足首にバリーン！　と命中した。

レンが心臓より遠いところに当てろって言っていたが、これでいいのか？　ちと、物足りないな。

足に衝撃を受けたセバスは飛び起きて、ベッドの横に置いてある剣を取り、素早く抜き放ち俺に向かい飛びかかってきた。

「おいおいおい！」

「おや？　白銀様？」

パチクリと瞬きをしたあと、すーっと剣を納め片膝をつく。

いや、お前……殺気がえげつなかったぞ？

こいつは……ただの執事じゃないのか？

下手な騎士よりできるな……。

「……私はどうしたのでしょう？」

どうやら、俺たちが部屋に入り攻撃を受けるまで、眠りが覚めなかった自分に違和感を持っているようだった。俺は紫紺に教えられたように説明する。なんでか、俺の説明だと意味わからんと言われたからだ。

「……それは。とりあえず、旦那様を起こしましょう」

セバスはササッと着替え剣を腰に携えて、主人たちの居室にノックもしないで入っていった。

そして聞こえるドッタンバッタン！

あいつ……もしかして物理の力でギルを起こそうとしているのか？

「おい、魔力を当てないと目は覚まさないぞ？」

俺のアドバイスを聞いた途端、部屋中に響く雷音。

「何すんだっ！　てめぇ、セバス！」

あ、起きたな、ギルの奴。

そこから、セバスがギルに今起きていることの説明をして、寝ているアンジェはそのままに、アースホープ領主をギルが優しく起こしたあと、騎士たちをセバスが広範囲雷魔法を放ち、全員を軽く感電させて起こした。とても恐ろしい光景だったとだけ伝えておこう。

あいつ……薄く笑いながら魔法をぶっ放すんだよ……。ガキ妖精なんて俺の毛の中で震えているんだぞ！

そして、領主と領兵たちは屋敷と眠りに包まれたアースターの街に置き、俺たちとギル、セバス、ブルーベルから連れてきた騎士たちは、領門まで騎馬で移動してきた。

「ここも、眠っているな」

ギルが苦虫を嚙み潰した顔で言い頭を振る。

「ここからは、紫紺の気配を追わないとレンの場所がわからないぞ。チビ妖精が知らせに来るまで、ここで待つか？」

あいつらとは、この眠りの張本人たちのアジトがわかったら知らせるって約束だ。

「この門は俺たちが来た門とは別。この先には別の領地があり、その先は海に出る。他の領地に逃げ込まれても面倒だが……海で他国に行かれたら厄介だな」

「しかし、気配を辿って進んで、もし紫紺様とレン様が別行動をされていたら……間に合わない可能性もありますよ」

セバスの言うとおりだ。

ふむ、俺様は待つのは苦手なんだが……と思った瞬間、

「ぶっ！」

もう一人のチビ妖精が俺の顔に突っ込んできやがった！

またかっ！


連れられていった子どもたちの列に交じり追い越しながら見てみると、みんな夢遊病のように虚《うつ》ろな目をして歩いてる。

列の中ほどに一人背の高い子がいた。

夜闇にも映える真っ赤な髪に三角耳、ゆらゆら揺れる尻尾は……アリスター！

転びそうな子どもを助けてたり、よろけそうな子を支えたりして、この列を誘導しているみたいだ。

ぼくは、タタタとアリスターへ走り寄っていく。

兄様が小声で「レン！」と呼び止めるけど、ごめんね、兄様。

アリスターはぼくの足音に気づいたのか、耳をこちらにひょいと向けて振り向いた。

「おまえ……レンか？」

「アリスター！」

ぼくは、立ち止まったアリスターの足にぴょんと抱き着く。

「なんで！　夜には街を出ろって言ったのに！　なんで！　……今からでもいい、逃げろ。来た道を戻れ！」

アリスターはその場にしゃがんで、ぼくと目を合わせると肩を掴んでガクガクと揺さぶる。

「僕の弟に触るな！」

兄様が剣を抜いて、ぼくとアリスターの間に突き出してみせる。

「レンの兄？」

「そうだ。お前たちは何をしている？　この子どもたちはどうするつもりだ？」

ぼくたちが足を止めても、子どもたちは何かに誘われるように足をゆるゆると動かし、前に進んでいく。

「バカか、お前！　兄ならなんで弟を危ない目にあわすんだ！　早く、レンを連れて逃げろ！」

アリスターは目の前の剣が目に入らないのか、立ち上がると兄様の胸倉を掴んで絞め上げる。兄様は剣を握っていない手でアリスターの腕を軽く振り払った。

「レンは僕が守る！　悪党に言われなくてもな！」

いやいや、兄様……まだ、アリスターが悪党とは決まってないよ？

なんでそんなに喧嘩腰なの？

二人の態度にオロオロしてたら、別の方向から大勢の気配が。

「おい、アリスター！　てめぇ、何をやってる？」

ぞろぞろと人相の良くないおじさんたちが湧いて出てきました。

手には剣や槍《やり》、斧《おの》とかの武器を持って、お酒を飲んでいたのか赤ら顔で立っています。

そして、その集団の奥に、大きな木を背に道化の恰好をした細身の男の人と、ぼくより少し大きい女の子が立っている。

道化師の手には笛？

そして、女の子は真っ赤な髪に三角耳と小さな尻尾がありました。

アリスターは、咄嗟《とっさ》にぼくを背中に隠すように立ち、隣で兄様が剣を構えた。

「おいおい、お前、裏切るつもりか？」

ニヤニヤといやらしく笑ったおじさんが、剣の背を自分の肩にピタピタと当てて、こちらにゆっくり近づいてくる。

「くそっ」

アリスターが、ギリリと唇を噛んだ。

あの……道化師の恰好をした人が持っている笛。あれが、ずっとぼくに聞こえていた笛の音？　なんだか、黒い靄《もや》が纏わりついてて気持ち悪いなぁ。

その隣に立つ女の子は、アーススターの街から連れられてきた子どもたち同様に、虚ろな目をしている。口が微かに動いてるのは、まだ歌っているのかな？

たぶん、ぼくに聞こえていた女の子の歌声は、あの子の声だと思う。

あの子は……アリスターが話してくれた妹？　同じ赤い髪に三角耳と尻尾だし……。

ぼくはちょいちょいとアリスターのズボンを引っ張って、女の子を指差す。

「あのこは、アリスターの、いもうと？」

「！　……ああ、そうだ」

アリスターの表情が痛そうに歪む。

兄様もぼくたちの話を聞いて、アリスターへ「どういうことだ？」と問いかける。

「この街に来る前に、こいつらに襲われたんだ。冒険者の父さんと母さん、護衛していた商隊は全滅した。……あいつら、妹を攫おうとしていて、俺は助けようと……」

俯いて両手の拳をぎゅっと握り込むアリスター。強い視線は悪いおじさんたちから離れない。

「……仲間になるのを条件に妹を助けたつもりか？」

「にいたま……」

優しい兄様にしては冷たい、アリスターへの言葉にぼくはびっくりした。

「妹があの状態で無事だと思ってるなら、お前、バカだろ」

「なにぃっ！」

「精神に負担のかかる術は、かかっている時間が長ければ長いほど、解呪に時間がかかり……最悪、廃人だ……」

ぼくは女の子を、もう一度見てみる。

確かに、目は虚ろだしずっと歌を口ずさんでいるし、何よりもあの怪しい道化師の隣に、平然と立っているのもおかしいよね？

「じゃあ……どうすれば、よかったんだよっ！」

「知るか、自分で考えろ。お前が兄だろう？」

兄様はぎゅっと剣を握り込み、視線を真っ直ぐ人相の悪いおじさんに向けた。

「レンは後ろに下がってて」

コクリと頷き、そろそろと後ろ足に下がる。

たぶん、見えないけど紫紺が傍にいるはずだから、兄様はいざとなったら大丈夫だと思うけど……アリスターはどうしよう？

紫紺はアリスターのことも守ってくれるかな？

ぼくは、後ろに下がりながら道化師の人を見る。おじさんたちは兄様たちのほうへ近づいてくるから、道化師の人と女の子の周りには誰もいない。

これって女の子を道化師の人から離して逃げれば、アリスターも自由になれるんじゃないのかな？

それは、すごいいい考えに思えた。思えたら、実行するよね！

暗闇を利用して、じりじりと回り込むように道化師の人が背にしている大きな木の後ろに行こう！

さて、剣の稽古はできるようになったけど、レンのアドバイスだとまだハードな練習はしないようにとのことだから、型の練習ぐらいしかできなかった。

それなのに、実戦。

しかも人間相手。

相手の獲物も剣や槍、斧とバラバラだ。

レンにカッコいいところを見せたいけど、子どもたちを安全に避難させないといけないし、隣の獣人は頼りにならなさそうだし。

「紫紺、いる？　……僕は剣を持っている奴を相手にするから」

コソッと、暗闇に向かって呟くと、潜める笑い声と「それ以外は、任せて」と聞こえた。

ああ……、本当は全部紫紺に任せることもできるのに、僕がやりたい気持ちを汲《く》んでくれたんだなぁ、ありがとう。

「僕たちは、こいつらを倒して捕まえる。お前は好きにしろ」

泣きそうに顔を歪めている獣人に一応声をかけてから、僕は剣を下段から振り抜き、目の前のニヤついた男の利き手を切り飛ばす。

「ぐぅあああ！」

そのまま、男の腹を切り裂きながら、横を走り抜ける。

次の獲物に移るんだ。

四方八方に竜巻が起こり、他の悪人たちの顔や体が切り裂かれ、手に持っていた武器は遠くに飛ばされていく。

「ぎゃあああっ」

「た、助けてくれーっ！」

「ひぃーっ！　魔獣が出たー！」

逃げ惑う男たちに、弾むように飛びかかり爪で攻撃している紫紺は、不機嫌そうに「魔獣と一緒にしないで！」とプリプリしていた。

子どもたちは虚ろな目は変わらないが、ピタッとその場に止まって動かないでいる。

剣を振り回しながら、レンの姿を探すが見当たらない。

「レン？」

どこに行ったの？

攻撃を受けて動けなくなった男を時々踏みつけ、右、左と視線を飛ばすが、レンの愛らしい姿が見つけられない。

そのとき、子どもの高い悲鳴が聞こえた！

大きな木の後ろに回り込めて、ひと息つきます。

ふうーっ。

あとは、女の子の手を取って、兄様か紫紺のところに逃げればいいだけ。そうすれば、アリスターは悪い人たちの仲間から逃げられる。妹と二人で、悪いことをしないで過ごせるもんね。

ひょこ。

木の陰から道化師の人の様子を窺う。なんか……さっきからちっとも動かないんだよね、この人。

白塗りの顔に真っ赤な唇。目の周りも道化のメイクをしていて表情がわからない。

今も、兄様と紫紺にボコボコにされている仲間を助けるでもなく、ぼーっと立っているだけ。

あれれ？　この人も無理矢理、仲間にされているの？

でも、手に持っている笛からは黒い靄がどんどん湧いて出てくるし、その靄がこの人の胸に吸い込まれていくんだけど……。

チラッ。戦況の確認をしたけど……なんか、兄様と紫紺で男の人たちは捕まえられそう。兄様がすごい強いの！　びっくりしちゃった！　怪我して動かなかった脚もちゃんと動いているよ。

……兄様ったら足首につけた重りを外していなかった。それなのに、大人の人と互角以上にやり合うって……。

ま、いいか。

兄様がカッコいい！　てことで。

ふふふ。

さあ、ぼくも女の子を助けるぞ！

木の後ろから勢いよく飛び出して、女の子の手首を掴む。そのまま、兄様たちのところへ走り出す。

「こっちだよ！　アリスター、まってる！」

ガシッ！

女の子の手を引いて走り出したぼくの頭が、後方から大きい掌で強く掴まれる。

「待て……。お前たちはこっちだ」

ぼくが振り向くと、道化師の人がニヤーッと嫌らしく笑っていた。赤く塗られた唇が気持ち悪く歪んでいる。

「ひっ」

いやいやと頭を振って掴まれていた手を外すと、女の子をアリスターへと力いっぱい突き飛ばす。

ぼくは、道化師の人に体当たりして、女の子から離そうとした。

「にげてーっ！」

「このっ！」

道化師の人がぼくの体を腕で横に払い、ぼくはその場に尻もちをついてしまう。

そして、目の前に血走った道化師の眼と、右手に握られた……ナイフ。

ああ……、やめてやめて、ナイフは……怖い……。

「あ……ああ……。あああああああ!!」

ごめんなさい。ご……めん……なさ……い。

ぼくは体を丸めてずっとごめんなさいを呟いていた。

もう会うことはないはずの、ママに向かって。


レンの悲鳴が聞こえた。

いつのまにか、怪しい道化師の恰好をした男がいた場所で尻もちをついている、レン。

助けに行かなきゃと体の重心をズラした瞬間、体の真横に剣がブンッとよぎった。

「！」

考えるよりも先に体が動き、次の攻撃を避《よ》けるために横倒しにゴロゴロと転がる。転がりながら攻撃の相手を確認すると、他の男たちよりもやや大柄な悪人が僕に大剣を振り下ろそうとしていた。

「逃げるなよ、坊主」

ニヤニヤと笑う。

その余裕の態度にこいつが人を切るのは、命を奪うのは初めてじゃないんだろうと知る。

レンを助けに行きたいが、こいつを放っておくのもまずい。こいつは、子どもでも平気で殺す奴だ。
低い体勢のまま剣を構え直す。
時間はかけられない。一撃で倒す！
ぐっと柄を握り込む僕の耳に、か細く聞こえるレンの声。
はっと、思わずレンのほうへ目を向けてしまった。
レンに対してナイフをかざす道化師の男が目に映る。
「レン！」
そちらに駆け出そうとする僕に、大剣の男が楽しそうに笑う。
「ははは、よそ見してんじゃねぇよ！」
まずい！
男に視線を戻すと、目の前には剣が振り下ろされる……間に合わない！

ザシュッ。
肉が切り裂かれる音。血が噴き出る音。
……でも、ぼく……どこも痛くないよ？
あれ？　と恐る恐る丸めた体を起こして、目を開ける。
「レン！　大丈夫か？」
ふさふさと揺れる尻尾。

こちらを心配そうに窺う、夜闇に光るアイスブルーの瞳。

「しろがね！」

ぼくはそのもふもふの体に抱き着く。

「俺様が来たからにはもう大丈夫だ！　悪い奴はみんな倒してやるからな！」

「うん！　うん。ありあと」

ぐすぐす、安心したら涙と鼻水が出てきちゃった。

ぼくにナイフを向けていた道化師の人は、白銀に切り落とされた右手を笛を掴んだ左手で押さえながら、痛みで呻いていた。

「で、こいつが親玉か？」

「さあ？」

笛を吹いていたのはこの人だと思うけど、他のおじさんたちのまとめ役かと聞かれたら……わかんないんだよね？

この人、ずっと立ってるだけだったもん。

ぼくがアリスターの妹を逃がそうとしたら、襲ってきたんだよ？

なんでだろうね？

白銀にそう言ったら、白銀も困ったように眉間にシワを作ってしまった。

「あー、俺は難しいことはわからん。とりあえず、捕まえればいいだろう。あとはギルたちに任せる！」

ギル？

あ、父様たちも来てるんだ！

そういえば、紫紺が魔法で作った竜巻の風の音がやんで、その代わりにキン、ガキンと剣を交える音が激しくなったような？　キョロキョロと辺りを見回すと、いつのまにか父様や騎士さんたちが悪人をバッタバッタと倒して、一人一人縄で拘束している。

よかった……これでみんな助かるね？

「グルルルル」

白銀が威嚇で唸る。

「どうちたの？」

ちょっと目を離した隙に、道化師の人が立ち上がって今まで背にしていた木の中へ消えようとしている。

え？　木の中に？

ぼくは、白銀の体からひょこっと顔だけ出して、その大きな木を見てみる。

その木には木の洞？　なにか大きな穴が空いていたんだ。その穴の輪郭は、ウヨウヨと歪んで見える。

なに？　あれ？

「ちっ、転移するつもりか」

白銀が、重心を低くして、攻撃の姿勢になる。

「逃がしちゃダメよ！」

スタンと、白銀の隣に紫紺が飛び降りてくる。

「わかってる」

「……転移？　いいえ、異空間かしら？」

紫紺は目を鋭くして、道化師の人の体を半分飲み込んでいる木の穴を視る。

その道化師の人は白銀と紫紺に向かって、にやーっと不敵に笑った。

右手首を切り落とされて、その傷口からはダパダパと血が流れているのにも構わず。

「……ふえ？」

なんか、あの人が持っている笛の黒い靄が、右手の傷口に吸い込まれているみたい。

「白銀！　笛よ、笛！」

「あ？　笛？」

白銀は、紫紺のいきなりの指示に一瞬行動に溜めができてしまう。

その僅かな時間を無駄にしないよう、道化師の人は素早く穴へと飲み込まれていく。

「させるかっ！」

紫紺のしなやかな尻尾がピーンと道化師の人へと向けられると、ビュルルルと音を立てて風が矢のように走っていった。

道化師の人の体が穴に消える瞬間、紫紺が放った風の矢が笛を持っていた左手にスタスタッと何本も当たる。

「っ！」

取り落とされた笛が、コロコロとこちら側に転がってきた。

「くそっ！」

道化師の人は落とした笛を拾おうとしたが、全員を取り押さえた父様と騎士たちがこちらに向かってくるのが見えたのだろう、身を翻し穴の中へと完全に消えた。

そして、木の穴も段々小さくなり、消えた。

「レーン！」

走ってきた父様に名前を呼ばれたかと思ったら抱き上げられて、ぎゅうっと力いっぱい抱きしめられた。

く、くるしい……。

「ああ、よかった。無事で……。大丈夫か？　怪我はしてないか？　怖かったろう、もう大丈夫だからな！」

「とうたま……、ご、ごめんなさい」

心配をかけてしまった……。

父様はちょっと腕の力を緩めて、ぼくと目を合わせ悲しそうに笑った。

「ヒュー！　お前……何やってんだ？」

白銀の呆れた声に、何事かと兄様を見たぼくは、へ？　とそのまま固まってしまった。

たとえ、稽古でも試合でも、対峙している相手から目を離すな。

父様から何度も言われた言葉だ。

それなのに、実戦でヘマをした。

つい、レンに気を取られて意識が散漫になっただけじゃない。命のやりとりをしているにもかかわらず、相手から目を離した。

だから、相手の一撃から逃げられない状況になった。

かろうじて頭と首は避けたが、肩は無理だろう。脚が治ったら今度は腕か……と諦めた僕の耳に金切声が飛び込んできた。

『ひゅーに、なにすんのーっ!!』

そして、ザバーッと大量の水が流れる音。

「……チロ?」

白銀と父様たちを呼びに行っていたチロが、戻ってきていた。

そして、僕の肩に乗ったまま小さな両手を大剣の男に向けて突き出していて、そこから水がザババザバとかなりの量と水圧で発射されている。

その水鉄砲?　水大砲を受けた男は、立っていられず水に流され押されるままに後ろの木に激突して、水と木の間に挟まれアップアップしていた。

圧死か溺死か……、苦しそうだな……。

　はっ！

「レン！」

　レンは、チロと同じく加勢に来ていた白銀の体に庇われていて、ナイフを持った道化師の男は白銀の攻撃で地に沈められていた。

「よかった……」

　そして、父様と騎士たちも加わり、次々と悪党たちは捕縛されていった。

　父様がぼくを片腕抱っこして、連れてきた騎士さんたちにテキパキ捕縛の指示を出している。一人一人縄で拘束された悪人たちは、さらに連なるように別の縄で繋がれていく。

「こいつらを、先に街に連れていくか」

　騎士さんたちが馬で街に戻り荷馬車を何台か持ってきて、捕まえた人と子どもたちを街に戻す……んだけど、とにかく人数が多かった。最初、ぼくと兄様が見た悪人のおじさんは、道化師の人を除いて四～五人だったのに、いつのまにか悪い人たちは一〇人を超えている。父様たちがここに来るまでの道中で捕まえた人と、たぶん道化師の人が消えたあの木の洞から出てきた人？　全員で小規模の盗賊団ぐらいになるって、父様が頭を抱えていた。

　しかも、事情をよく知っていそうな道化師の人を逃がしちゃったしね。

　ごめんなさい、父様。

「しかし……子どもたちが起きているのに寝ているような状態はどうしたものか……」

父様が子どもの顔を一人一人見ていくが、誰とも目が合わない。

みんな、ボーッとどこかを見ている。お話もできないし、泣いたりもしない、お人形さんみたいな状態だ。

「ふむ。このままだと親御さんも困るだろうしな……」

父様はぼくを腕から下ろして、横を歩いていた紫紺に預ける。

どうやら、これからのことをセバスさんと相談するようだ。

セバスさんはウチの執事さんなのに、今回は剣でバッタバッタと悪人を切り伏せて、すっごく強かった!

今はキラーンと片眼鏡を煌めかせて、後処理を手伝っている。

「レン、あっちで馬車を待ってましょ」

あっちには、白銀と兄様たちがいる。

なにか、地面をじっと見ているけど?

何があるんだろう?

トテトテと危ない足取りで兄様のほうへ。

「どうちたの?」

何を見ているの?　と下を向けば、あの道化師の人が吹いていた笛がちまっと落ちてる。

「ふえ……」

これは、いわゆる証拠品なのでは?

父様には言わないの？

「触っていいものか……。魔道具だと思うけど、呪具の可能性もあるからね……」

兄様がむむっと難しい顔をした。

呪具……。でも、その笛からは黒い靄はもう出ていない。

あの道化師の人が持っていたときは、黒い靄がもくもく湧き出ていたけど、今はコロンと落ちている普通の笛に見える。

小学生が、道で練習しながら歩いている縦笛とそっくり。

兄様と白銀と紫紺が「どうしたものか」と困っているのを横目に、ぼくはそれを拾ってしまう。

だって縦笛、ぼくも吹いてみたかったんだもん。

「「「あーっ」」」

そんな大声出さなくても大丈夫だよ？

でも吹くところは、ばっちいかもしれないから、洋服の裾でふきふき。

「フーッ」

あれ？　音が出ない。

顔を真っ赤にしてもう一度吹いたけど、やっぱり音が出ない。

壊れちゃった？

「や、やめなさい……レン」

「そうだぞ！　そんなモン、ぺいってしろっ」

ううーっ、音が出ないーっ。

指が笛の穴に届かないから？

でも縦笛は吹いただけで音が出るはずなのに……。

もうちょっと小さかったら吹けるかな？　と思ったら、手に持った笛がぐにゃりと形を崩した。

「わあっ」

え？　ええ？

どうしよう……とオロオロしてたら、笛はあっという間にぼくの手にぴったり収まる形に変わっていた。

これって……オカリナ？

たぶん、オカリナの方が縦笛より音を出すのが難しいと思うんだけど……。

ぼくは恐る恐る、オカリナもどきに口を当てて、フーッと吹いてみる。

ピィー♪

「鳴った！」

やった、音が出た。

ぼくは嬉しくなって、適当に穴を指で塞ぎながら、ピイピイ、オカリナを吹く。

「レン、大丈夫なの？　気持ち悪くない？」

兄様が心配そうに問いかけるけど、大丈夫！　とっても楽しい気分だよ？

ぼくは小躍りしながら、ピイピイ吹きまくる。

どうやら無意識に力が入ってたらしく、魔力を込めて吹いてたみたい。オカリナからキラキラと光る粒子が溢れ出して、空に輝き広がっていく。

楽しげに笛を吹いてるぼくは気づかなかったけど、兄様と白銀と紫紺は口をパッカーンと開けてキラキラ輝く空を見上げていた。

ピィー♪　と強く吹けばキラキラが溢れて、ピイピイとリズムよく吹けばキラキラが空から舞い落ちて……。

そんなことを繰り返していたら、急に父様たちと一緒にいた子どもたちが騒ぎ出した。

「ママーッ！」

「ここ、どこー？」

「うわああん」

ぼくは笛を吹くのをやめて、コテンと首を傾げる。

「みんな……どうちたの？」

「意識が戻ったみたいだね。レンが笛を吹いたから？」

「……レン……魔力を込めて吹いたでしょ？」

紫紺の質問にコクンと頷くぼく。

わざとじゃないよ？　強く吹いたら混じっちゃったの。

「浄化……された、とか？」

白銀の乾いた笑い。

なんで？　ぼく、悪いことしたの？

ぼくがしゅんと落ち込んだのがわかったのか、兄様が優しく頭を撫でて慰めてくれた。

「レンは悪いことしてないよ。むしろ、子どもたちが元に戻ってみんなが喜ぶよ」

「あい。でも……ごめんなしゃい」

これ、どうぞ、と兄様に笛を渡す。

ちょっとしょんぼりモードのぼくの耳に、アリスターの声が聞こえた。

「アリスター？」

そういえば彼はどこにいるの？　と辺りを見回すと、あの妹だろう小さな女の子の体を抱いて、アリスターが膝をつき慟哭《どうこく》していた。

「キャロル！　キャロル！　よかった。よかった……」

「お兄ちゃん？」

キャロルと呼ばれた獣人の女の子は、あの道化師の人と一緒にいた女の子で、今はアリスターに抱きしめられて、大きな目を見開いて不思議そうに立っている。

ああ、あの子も元に戻ったのかな？　よかったね、アリスター。

兄様はアリスターたちを見つめるぼくの肩を抱いて、ニッコリと笑った。

「よかったね、レン」

「あい」

そう、ぼくは……アリスターを助けたかったんだ！

ガタンゴトンと馬車に揺られて、アーススターの街でお祖父様に無事な姿を見てもらって、お屋敷に帰ったら心配して泣いて目を真っ赤にした母様に抱きしめられて。

自分のした行動がみんなの迷惑になっていて、ズドーンと落ち込んだままお風呂に入れられて、ベッドの中で体を丸めてしょんぼりしています。

ぼくは心配されただけで済んだけど、父様や騎士さんたち、母様に怒られたのは兄様だった。

白銀と紫紺もだけど……。

アリスターのことが気になって、つい危ないことをしちゃったけど、みんなに迷惑や心配をかけるつもりはなかったのに……。

しょぼんです。

翌朝、予定よりも遅い時間に起こされて身支度をして、朝ご飯をもしゃもしゃ。

お祖父様と父様は昨日の事件の後始末で、徹夜で役所や領兵本部とのやりとりをして帰ってこなかったんだって。

あー、せっかくの家族旅行だったのに、ぼくのせいでお仕事になっちゃった……、ごめんなさい、父様。

「レン、元気ないね」

兄様が困ったように笑う。

だって、ぼく……悪い子なんだもん。

しょんぼりしたまま、馬車に乗ってアースターの街へ。

春花祭も今日で終わり。

お昼にお花の品評会の結果が発表されて、領主夫婦のご挨拶でお祭りは終わって、みんなで後片付け。

ぼくたちは後片付けを手伝うことなく、そのまま馬車に乗って帰るんだ。

ハッ！　父様は事件のことがあるから、ブルーベル領に一緒に帰れないかも……。

はーっ、やっぱりぼくのせいだ。

ぼくが暗く鬱々としているので、白銀と紫紺も大人しく馬車の座席に丸まって伏せている。チルでさえ、静かに白銀のもふもふに埋まっている。いつもと変わらないのは、昨日大活躍だったチロだけ。兄様の綺麗な金髪を一房抱えて兄様の肩に座り、うっとり兄様に見とれている。

「さあ、着きましたよ」

セバスさんがそう言って馬車の扉を開けて、ぼくを抱っこして下ろしてくれる。

昨日見たままのお祭りの飾り。

ふわふわ漂うお花の香りと、ひらひら舞う花びらの鮮やかな色。

兄様に手を引かれながら、お花のアーチをくぐり、噴水広場の舞台へと重たい足を進める。

「ほら、ここに座って。セバス、何か飲み物と甘い物が欲しいな」

「かしこまりました」

兄様と母様の間に座って、足元には白銀と紫紺がかわいくお座りしている。

昨日、ぼくたちは操られて連れてこられた子どもたちの荷馬車とは、別に用意された馬車で帰ってきた。アリスターと妹の獣人の子は、悪党のおじさんたちと同じ荷馬車に乗せられると聞いて、ショックだった。ぼく……アリスターも助けられなかった。

しょぼん。

「レンちゃん。ほら、一番人気のお花が決まるわよ」

母様に促されて舞台を見ると、立派なお花がいくつも並べられていた。

ぼくが気に入っていた青いお花は、舞台の端にある。

司会のお姉さんが紹介した優勝のお花は、花弁がいくつも重なった大輪の花。白やピンクの花弁がグラデーションになっている、淡い色の華やかなお花。

「まあ！　素敵！」

母様が手を叩いて喜ぶ。

他にも紹介されるお花は赤い小さなお花が鈴なりに咲いてたり、オレンジ色の細い花弁が放射状に開いてるお花だったり、どこか春らしいかわいいお花が多かった。

ぼくは、舞台の端の青いお花を見る。

うん、綺麗だけど色合いが他のお花とはタイプが違うかも……。

でも、ぼくはそのお花が大好きだよ？

だって……。

ぼくは横に座る兄様を見つめる。

「ん？　どうしたの、レン」

「なんでも……ない」

大好きな兄様と同じ色合いだから……。


「報告にあった行方不明の子どもも無事に保護できたな、ギルバート」

「そうらしいですね。ただ、こちらに来る途中で被害にあった商隊もあるみたいで……」

レンが気にしていた獣人の子たちも、そんな商隊の護衛冒険者の子どもらしいし。

捕まえた男たちは、別の領地で指名手配として追っていた盗賊団だった。凶悪というほどではない小悪党だが、今回は子どもの誘拐や強盗、殺人と重罪を犯した。

まあ、王都に送ったあとは極刑、奴隷落ちというところか。

俺は机の上に置かれた、子どもの玩具のような笛をイヤーな目で見る。

どうすればいい？　これは魔道具……だよな？

「義父上、これ、どうします？」

「あー、王都の魔術師団に送って調査してもらう……ほうがいいよな？　面倒くさいが……」

「ですね」

しかし取り調べでは、この笛を使って、子どもたちを操り自ら来るように仕向けたというからには、調べてもらわないとな……。

でもな……これ、レンが形を変えちゃったんだよな……。

「レンのことは報告せんでいいじゃろ」

「え!?」

「要は、これが犯罪に使われた謎の魔道具だって報告すればいい。子どもたちがどうやって術から覚めたなんてことは、適当に報告するさ」

「いや、それでは……」

「どうせ、捕まった奴らも説明ができないんじゃから、かまわん」

そうなのだ。

あの小悪党たちはある日突然、道化師の姿の男に雇われたという。報酬が高いこと、相手が子ども、それも幼い子どもを攫うだけの簡単な仕事と思い、請け負ったらしい。

道化師の男の素性も、笛の魔道具のことも詳しいことは何も知らなかったのだ。

狙ったのは、春花祭のアースターの街にいる子どもたち。途中の旅路で子どもを攫ったのは、魔道具の力を試すため。

「たいしたことは、わかりませんでしたね。黒幕が誰だったのか……」

「うむ。なぜ、アースターの街を狙ったのかもな」

捕まえた男たちは、道化師の男の目的は知らなかった。

ただ、幼い子どもが必要と言われたらしい。

「あー、義父上。もうひとつお願いがあるんですが……」

ひょいと片眉を上げて、こちらを向く義父上。

「魔道具の術の力を増幅する歌を歌っていた、獣人の子のことですが……」

レン！　父様頑張るからな！


じぃーっ。

ぼくは舞台に飾られた、例の青いお花を見ています。

今日でアースターの街とはさようならだから、見納めなので見ています。

じぃーっ。

「君、この花、気に入ってくれたんだね！」

ぼくが凝視していたお花の鉢植の後ろから、ひょっこりと男の人が出てきた。

藍色の髪の毛を肩まで伸ばしてて、ボサボサであちこちにはねている。黒縁の大きな眼鏡をかけていて、その奥には眠そうな目が半分開いてる。榛《はしばみ》色の優しい目をしているけど……誰？

ぼくは、お花から一歩下がって、その男の人から距離を取る。

なんか、薄汚れた白衣を着たひょろりとした男の人、ちょっと怪しいな……。

「あれ？　そんなに怖がらないでよ。ほら、この青い花は僕が作ったんだよー」

ヘラヘラ笑ってるのは信用ならないが、この青いお花を作った人となると俄然興味が湧く。

「この、おはな？」

指差して、こてんと首を傾げてみせる。

「はわわわ！　君、かわいいねー。うーん今度はこういう花を作ったら受けがいいかもなー」

やっぱりこの人、胡散臭い人だ。

ぼくは、じりじり後ろに下がっていき、兄様の体の後ろに回り込む。白銀と紫紺がぼくの前に出て、かわいい姿でシャーッと威嚇してくれる。

「あれ？　嫌われちっゃたかな？　困ったな」

全然困った風に見えないけど、この人は空気が読めない、摑みどころのない人だ！

兄様もぼくの顔を見て、どうしようか？　と眉を下げている。変な人には近づいちゃいけない！　同じアパートに住んでいたオネエさんがいつもそう注意してくれたよ。

「そんなに、警戒しないでよ。そこのワンちゃん、ネコちゃんも」

男の人はしゃがんで白銀と紫紺をわしゃわしゃ、撫でまわし始めた。

二人の顔がすっごく迷惑そう。

白銀が「殺《ヤ》っていい？」みたいな顔でぼくを見るけど、ダメだよ、我慢してっ！

「ふうっ、癒されたー。よし、ご褒美をあげよう」

男の人は青いお花の後ろに戻ってごそごそしたあと、青いお花を一輪、リボンを付けてぼくに差し出した。

「はい、どうぞ」

「え？　でも……」

「いいんだよ。花を気に入ってくれたしね！　あ、そうだ！　この花にはまだ名前がないんだ、付けてくれないか？」

え！　名前ないの？

ええっ！　ぼくが付けるの？

「ど……どうしよう」

兄様が、ポンとぼくの頭に手を置く。

「いいんじゃない。きっとこの花を一番好きなのはレンだよ！　大好きなお花に素敵なお名前を付けてあげよう」

迷うぼくの背中を押してくれた。

でも、さりげなくハードルを上げられたような……。

はい、とぼくに青いお花を手渡してニコニコと見守る、お花を作った男の人。

兄様もニコニコ。

白銀と紫紺は素知らぬフリ。

誰も手伝ってくれないんだね……。

ぼくは改めて青いお花を見る。

兄様と同じ色のお花だけど、ヒューバートって付けたらダメだよね？　うん、知ってた。

うーん、青い色……兄様の瞳みたいな、今日の青空のような……綺麗な澄み渡る青い色……。

「あまいろ……」

天色……、兄様を示す色……そして金色。

お花の花びらの縁を飾るキラキラと煌めく金色。

太陽の煌めき？

ううん、もっと鋭くて研ぎ澄まされたような……昨日の兄様が振るった剣の刃のような……。

「あまいろのけん」

【天色の剣】てどうだろう。

そのまま兄様のイメージだけど……、そもそもこのお花はぼくの中では兄様のイメージだし。

「へえ……随分勇ましい名前だね。うん、でもいいかも。こいつは他の花とは違う印象だし……。うん、気に入った！　ありがとう！」

ガシッと両脇に手を入れられ、あっという間に抱き上げられるぼく。そのまま男の人は僕を掲げ持ち、くるくる回る。

やーめーてー！　目が回るよう。

なんとか兄様が助け出してくれました。

ふうーっ。

「おっと、忘れてた。僕は花の研究をしているシードだよ。よろしくね」

「えっと……、レン、でしゅ」

ペコリとお辞儀をして、「しろがね、しこん」とご紹介。

「ヒューバートです」

「うん。君たちもよろしくね。で、君たちは……」

男の人、シードさんはぼくと兄様を指差して首を傾げる。

「僕とレンは兄弟です」

兄様がぼくの肩を抱く。

ああ、わからないよね？

髪も目の色も違うし、年も離れてるもん。

「仲がいいね。レンくんはお兄さんが大好きなんだね」

「へ？」

いや、そうだけど……何を急に……、か、顔が熱くなってきたよ？　ううー。

「？」

兄様は何を言われたのかわかってないみたいで、ぼくの赤く染まった顔と、シードさんの顔を見比べている。

「あれ気づかなかった？　この花、天色の剣は君、ヒューバート君の瞳と同じ色だろ？」

兄様が驚いて、マジマジとお花を見る。段々と兄様の頰が赤く染まっていく。

ぼくたちがふたりで顔を赤く染めてたら、いつのまにか父様が来ていた。

「何してるんだ？　二人とも顔を赤くして？」

父様と母様とセバスさんも交えて、ぼくが青いお花の名前を付けたことと、このお花が兄様のイメージとぴったりでぼくが大好きだって話したら、父様が拗《す》ねた。

「旦那様……」

「だって、ヒューのイメージだったら俺も同じじゃないか……。俺だって……」

拗ねた父様は母様が慰めていたよ。セバスさんは呆れていたし、兄様はさっくり無視していたけど……。

「それはともかく、天色の剣か……。ふむ、シードといったか？　この花の流通はどう考えている？」

「は？　いや、品評会でも散々でしたからね、流通もなにも……」

「では、ブルーベル領にて辺境伯に献上するつもりはないか？」

「はあ？」

シードさんがびっくりして目も口も大きく開けたまま、止まっちゃったよ？

「この青と金はブルーベル家の色だ。辺境伯に献上し、ブルーベル家の印となればお前もそれなりに恩恵を受けることができると思うし、悪い話ではないと思うが」

「そ、それはそうですが……。辺境伯様に献上なんて……。て、もしかして……」

シードさんがぼくたちを見回して、ガクガクと足を震わし始めた。

「もしかして……ブルーベル辺境伯様の……」

「ああ、俺たちのことは気にするな。とりあえず献上用の花を用意してくれ。近いうちに君もブルーベル領に来てくれると助かるな。その際にはブルーベル辺境伯騎士団まで訪ねてきてくれ。俺の名前はギルバート・ブルーベルだ」

「……辺境伯騎士団の団長様じゃないですかー」

シードさんがシクシクと泣き始めた。

あれ？　父様ったらシードさんをいじめているの？　ダメだよ、いじめちゃ。

「ふふ。シードさんにとってはいいお話なのよ。ねえ、貴方。植物の研究をするならアースホープ領もいいけど、ブルーベル領も興味深いわよ？　温暖な地域、海、山とあらゆる土壌の研究ができるわ。もしよかったらブルーベル領でも素晴らしい花を咲かせてね」

母様がシードさんと握手しながら、ブルーベル領に勧誘している。

シードさんの眼が次第にキラキラと輝き出して、「海の砂……高山植物」とブツブツ言い出したよ。

マッドサイエンティストみたいで、やっぱりこの人……怖い。

あとは、セバスさんに任せて、ぼくたちはお祖父様とお祖母様の元へ。

帰りのご挨拶をしないとね。

お祖父様とお祖母様は馬車乗り場まで、ブループールの街へ帰るぼくたちを見送りに来てくれた。

「ヒューもレンも、また、おいで。待ってるよ」

「そうよ。今度はもっといろんなところに、遊びに行きたいわ」

二人とも小さいぼくに目線を合わして、別れを惜しんでくれた。

ぼくは馬車の窓から、お祖父様たちが見えなくなるまでずっと手を振ってました。

そして、ぼくの異世界に来て初めての家族旅行は終わったのでした。


ブループールのお屋敷に戻ってきて、数日が経ちました。

父様はお仕事、母様はお家のこと、兄様はお勉強と剣の稽古と、日常が戻ってきました。

そして、ぼくは……。

「うむうむ、うむむむ」

口を曲げて、眉間にシワを寄せて、腕を組んで、考え事です。

白銀と紫紺は、たまに冒険者の仕事で留守にすることもありますが、今日はぼくのお部屋でまったりとしています。

お部屋の中には、ぼく付きのメイドになったメグがいる。一緒にアースホープ領に行ったメイドさんの一人だよ。もう一人のリリは、兄様付きのメイドになりました。

そのメグは、ぼくが難しい顔をして唸っているから、心配そうにぼくを見守っている。

さて、ぼくが何を考えているかというと……ズバリ！　今後のこと。

ぼくね……新しく生まれ変わっても、みんなに迷惑かけちゃうんだ。ママみたいに怒って怒鳴ったり、痛いことしたりしないけど……、みんな優しくしてくれるけど……、甘えちゃダメだなって！　強くなろうって思うの。

前もそうすれば良かったのかな？

助けてくださいって、お願いすれば良かったのかな？

優しい人は、いっぱいいたと思うの。ママの友達だった優しいおじさんは、ママとお友達じゃなくなったあと、ぼくを訪ねてきてくれたことがあった。そのときに、助けてって頼めば良かったのかも。

アパートの前を犬の散歩で通るおばさんも、柴犬のタロも、ぼくに優しくしてくれた。おばさんから、何度も施設に誘われていたのに断ってしまった。施設に行けば、ぼくはどうなってたのかな？　お友達とかできたのかな？　学校に通えたのかな？

同じアパートに住んでたオネエさんは、ぼくのことでよくママと喧嘩していたっけ。ぼくは何も言えなかったけど、あのときオネエさんと一緒にママに文句が言えたら、何かが変わったのかも……。

「ふうーっ」

ぼくは、ひとつ大きく頭を振って、ソファにぴょんと座った。

「レン様……。何か飲まれますか？」

「うん、メグ。あと、しろがねとしこんに、おやつも」

「かしこまりました」

メグが部屋から出ていくと、白銀と紫紺がソファの上で丸めていた体を伸ばしたあと、ポテンとぼくの膝に乗る。

「どうした？　難しい顔で何か考えていたみたいだけど？」

白銀が後ろ脚で首を掻いて、ぼくに真ん丸の目を向ける。

「うん……。ぼくね、つよくなろうと、おもって。でも……どうしたらいいのか、わからないの」

前のぼくは、ぼくしかいなかった。他に守る人も大切な人も物もなかった。

だから、強くなろうなんて思わなかった。

痛いことがイヤで、一人が淋《さび》しくて、お腹が空いて、そんな狭い世界しかなくて……。

でも、ここでは白銀と紫紺がお友達で、カッコいい父様がいて、綺麗な母様がいて、大好きな兄様がいて、優秀なセバスさんがいて、みんながいて、ぼくを大切に思ってくれている。

ぼくね、みんなに嫌われたくないの。

だから、強くなってみんなを守れるようになって、迷惑や心配をかけないようになって、立派な人になりたいの！

「……レン。強くなるのはいいけど、そんな急に大人になろうとしなくてもいいのよ？」

紫紺がぷにっと肉球を、ぼくの頬に当てる。

「そうだぞ、レン。ゆっくりでいいんだぞ？　第一、ヒューたちはレンのこと迷惑とか思ってないだろうし、心配かけないつーのも他人行儀だろう？」

「そうよ。ギルたちには、思いっきり甘えて、迷惑かけて、心配させるのよ」

ええーっ！　そんな悪い子ダメだよーっ！

絶対に嫌われちゃうし、捨てられちゃうよ？

ぼくがそう言うと、二人は器用に大きな笑い声を立てて爆笑した。神獣と聖獣が、ヒーヒー言ってお腹抱えて笑ってるなんて……。

「大丈夫よー。レンのこと嫌わないわよー。あーんなにデレデレじゃないの！」

「ヒーヒー、そうだ、そうだ。あー、おっかしい。だいたい、家族ってそういうモンだ」

「どういうもの？」

「お互いに迷惑かけて、心配して、甘えて……。レンが遠慮してたら、ギルたちは悲しむぞ？」

ペロッペロッとぼくの頬を舐める白銀。

そうかな？

ぼくが迷惑かけないように、心配させないようにするのは……遠慮していることなのかな？

「むー、むずかしい」

とりあえず、大切な人たちを守れるように、強くなろうとは思います！

どうすればいいのか……それは、あとで考える。

今は、メグが持ってきてくれたおやつをいただきます。


「レン、こっちにおいで」

ある日、お仕事中の父様がひょっこり屋敷に帰ってきて、母様と二人で文字の勉強していたぼくを、騎士団の練習場まで連れてきました。

兄様の稽古でも見学するのかな？

「あ、レン。来たね」

兄様が、タオルで首に流れた汗を拭いてました。

「にいたま」

ぼくはトテトテとゆっくり歩いて、兄様の腰に抱き着きます。

「今日は、レンに会わせたい人がいるんだよー」

「あわせたいひと？」

はて？　誰だろう。

アースホープ領のお祖父様とお祖母様？　いやいや、だったらお屋敷で会うよね？　あ、青いお花を作ったシードさん？　でも、騎士団の練習場で会うのは変だよね？

「にいたま、だあれ？」

兄様、降参です。

教えてください、誰ですか？

「わからないかー。じゃあ、紹介するね」

兄様は、くるっと後ろを振り向いて、手で誰かを招きます。

「？」

「ほら、アリスター、早く」

「アリスター？」

「そうだよ。アリスター。レン、気になってたんでしょ？」

「アリスターと妹の取り調べは終わったからな。二人とも身内がいないらしくて、ブルーベル領で引き取ったんだ」

「とうたま……」

父様の大きな手で頭をよしよしと撫でられていると、アリスターが兄様の横に並んだ。

「レン。アリスターは騎士団で騎士見習いとしてここで暮らすことになったんだよ」

「アリスターだ。レン……その……いろいろとありがとうな」

アリスターはぼくの前にしゃがんで、目を合わしてくれる。初めて会ったときよりも、表情が明るい気がする。

「いもうとは？」

「キャロルはまだ小さいからな。騎士団長のお屋敷でメイドの見習いの見習いにしてもらった」

それって、ぼくたちが住むお屋敷のこと？

「まだ仕事は任せられないから、騎士団の寮にアリスターと一緒に暮らしてるんだよ。僕たちの屋敷にはたまに通って礼儀作法から勉強するんだ」

そうか……。アリスターと妹さん……牢に入らなくてもいいんだ……。

そうか……、よかったな。

うん、よかった！

「アリスター、よかったね！」

ぼくは満面の笑顔で、アリスターに抱き着いた。

ヒューバートの場合

僕には、とってもかわいい弟がいる。

小さくって、ちょこちょこ動いて、上手にお喋りできなくて、大きい瞳で僕を「にいたま」って呼ぶ、かわいい弟。

母様の実家があるアースホープ領の春花祭に、家族で出かけたらまたもや事件に巻き込まれた。

いや、弟……レンが自分から巻き込まれていったんだけど、僕も将来は騎士になるため鍛錬しているんだから、悪事に知らんふりはできないよね。

二人と白銀、紫紺たちだけで動いたら、父様たちに叱られたけど、まあ、いいか。

レンからは「にいたま、すごくかっこよかった！」とキラキラした憧れの目で見られて、気分良かったし。

そのときに知り合った、狼獣人のアリスターも僕の剣の稽古相手、将来の従者として引き取ることもできたし。

事件も解決……はできなかったけど、被害も最小限に抑えることができたし、何より祖父様の領地が守られたもん。

ただ……、僕は今、とっても悩んでいる。

僕の怪我をして動かなかった脚も治り、日々騎士になるために稽古と勉強に励めることや、母様への呪いも解呪できて、もしかしたらレンの他に弟妹ができるかもしれないこと。

レンが来てから、僕たちの家族は嬉しいことばっかりなんだけど……。

レンがいまいち、遠慮がちというか……、よそよそしいときがあるというか……。

レンの保護者でもある聖獣レオノワールの紫紺は、「時間がかかるのよ」と慰めてくれたけど……。

はーっ、早くレンにはちゃんと家族として兄として、心の深いところに入れてほしいな。

もっと頼って、甘えて、迷惑をかけてもいいから、我儘を言ってほしい。

今回のことだって、お祭りが終わってブルーベル領に帰ってきてから、僕たちに迷惑かけたとレンはずっと元気がない。

アリスターに会わせて、ブルーベル辺境伯騎士団で引き取った話をしたときは、喜んでいたけど。

うーん、とにかく僕はもっと剣の稽古を頑張って強くなって、レンの兄として頼もしくならなきゃ、ダメだな！

悪い奴らと剣を交えたときも、結局レンの危ないところを助けたのは白銀だったし、僕はチロの魔法で腕を失わずに済んだしね。

よし、アリスターを誘って稽古しよう！

あいつも親が高ランク冒険者だったらしくて、剣の素質があるみたいだし。

僕とやり合っていたら、そのうちに強くなるだろう。

僕も、より練度の高い稽古ができるし、レンの護衛としてアリスターが役に立つだろうし、今回のことは結果的にいいことばかりだね。

気になるのは……あの道化師の男の目的だ。

アリスターの妹はずっと精神を操られていて、ぼんやりとした意識しか保てなかったらしいけど、何日かに数十分だけ意識がハッキリしているときがあったらしい。

そのとき、道化師の男が話していたのは「魔法陣に注ぐ血」「魔力の塊」「幼子の血」という物騒なこと。

道化師の男は連れ去った子どもを何かの魔法陣に注ぐつもりだった？

その魔法陣の効果は何？

いずれまた、あの男に会うときがあるかもしれない。

そのときのために、もっともっと強くならなきゃ！

アリスター！　剣の稽古するぞー！

なんで、そんな不機嫌な顔してるんだ？

早く、剣を持ってこっち来いよ！

ギルバートの場合

ここ数日、俺は騎士団本部の団長執務室に缶詰で仕事をしている。

はーっ、剣を握りたい。剣を振りたい。馬に乗って走りたい。

俺が逃げ出さないように、屋敷からセバスがついてきているのも、なんか腹が立つ。

「なんですか?」

「……。この王都からの報告書がな……」

話を逸らそう。

「例の魔道具の報告ですね。だいぶ昔に流行った玩具の魔道具と同じ構造だった、ですか。笛の音色で従魔が後をついてまわる。もしくは踊り出す」

「ああ。テイマーの間で流行ったらしい。低級な魔獣にしか効かないらしいが、子どもに効力はないそうだ」

ふむ、と顎に指を当てて、セバスが報告書をペラリペラリと一枚一枚捲っていく。

「笛の形状について不明と書かれていますね。本来は縦笛の形で今回使用された笛のような形状は珍しいと……」

「うっ……。言えないだろう、レンが形を変えたけど、元は縦笛だったなんて」

そんなことを、魔術師団に報告してみろ。

あっという間にレンを王都に連れていって、実験、実験、また実験の日々だぞ？

「ん？　ギル。アースホープ領と王都とのやりとりに使われていた鳥系従魔の報告に、変な箇所があるぞ。なんだ、見たこともない鳥系の魔獣を発見って？」

「ああ、なんかアースホープ領の近くに黒い鳥が一羽飛んでいたらしいが、報告にない魔獣だったらしい。特に危険な行動もなかったが、一応、騎士団で鳥系の従魔がいる小隊を組んで見回りをさせている。……見つからないが」

「……新種の魔獣か……」

「しかし、あの辺りにはダンジョンもないし、森もない。スタンピードの可能性は少ないだろう」

セバスは少し考えたあと、またペラリと報告書のページを捲る。

すっかり騎士団の仕事モードに入った奴は、俺のことを昔のように「ギル」と呼んでいることに気づかない。

はーっ、しかし……レンのことはどうしようか……。

とりあえず俺の養子にしたことは、辺境伯から王家に連絡はしてもらった。

だが、神獣と聖獣と契約していることは内緒にした。

あの方たち、白銀と紫紺たちが人族や他の種族に心を傾けることはない……はずだったからだ。

レンだけが特別。

俺たちはレンの家族として認めてもらったから、言葉を交わしてもらえているだけ。

しかしなぁ……馬鹿な奴はどこにでもいるからなぁ。

下手をしたらレンを利用して、白銀と紫紺を自分たちの手駒として扱おうと思う奴らがいないとも限らないし、それが王家ではないという保証もない。

レンが俺たちに全幅の信頼を向けていてくれればと思うが……レンは俺たちのような大人が怖い。

まだ遠慮がちだし、よそよそしいし。我儘言わないし……。

ヤバい、俺が落ち込んできた。

ヒューの他に護衛をと思ったときに、都合よく事件に巻き込まれた狼獣人を保護することができた。

レンも気に入っているようだし、ヒューの剣の稽古相手にもいいし、アースホープ領主の義父上に無理を言って引き取ってきて、よかった。

うん、なかなかに剣の筋がいいしな！

ヒューの怪我が治って安心して、すぐに問題が起きた。

ヒューの稽古相手だ。

騎士団の若い奴らに任せていたんだが……ヒュー相手に本気になるときがあり、稽古中に危ないことが度々あったらしい。

しかも、危ないのは騎士たちのほう……。

うーむ、手練れの騎士たちに稽古相手をさせると、団長の身内贔屓《びいき》と思われるし……。

そう悩んでいたときだったから、まあ、アリスターはちょうどよかった。

他人任せになるが、ヒューとアリスターならレンも怖がらないだろうし。

ああ、早くレンのトラウマが癒されて、父親の俺に甘えて我儘言って困らせてくれないかなー。

「ギル、サボるな！」

イタッ！

ちっ、叩くなよ。俺、主人だぞ？

神様の日記帳 二

皆様、お久しぶりです。狐の神使です。

今日は、日本のお社でお仕事中です。

あ、神様もお仕事してますよ、珍しく真面目にね。

桜の季節はいろいろと詣でになるお客様が多く、神社は忙しいのです。

まあ、受験や結婚、夏休みや年末年始と、とかく忙しいのですが。

表の顔である、人間の神主や巫女《みこ》たちも働いております。

私たち神使も、相変わらずの社畜ぶりですよ。

神様も真面目に働いているので、文句はないのですが……真面目に働いてますねぇ。

おかしい……。

あんなに箱庭に夢中だったのに……。

あの子どものことは、もういいのでしょうか？

ストーカーばりに生活を盗み見て、気持ち悪かったのに……。

大人しい神様なんて、ちょっと不気味です。

しかし、あちらにも狐の神使がいて、神様があちらに渡ってシエル様としての活動に時間を取られすぎないよう、見張っているのですが……。

特に問題はないとのこと……不気味です。

狸の神使は少々神様に甘いところがありますので、主に他の神様への使いに出していて、神様のサボりに協力できるはずもないですし……。

私はクルッと前方宙返りをして、人の姿に変身します。

今日は、ここら辺の神使たちの会合があるので、私はお出かけなのです。

神様……大人しくしていてくださいね。

昼餉《ひるげ》を共にしながらの会合を終え、和菓子を土産に社に戻った私の目に映るのは、黒い塊を抱いてガクブルする神様の姿でした。


「ふうーっ、ここまでハーヴェイの森の奥に来ると、魔獣も高ランクになるわね」

「なんだ？　久しぶりに二人で冒険者ギルドの依頼を受けようなんて誘うから何事かと思えば、すとれすとかの発散か？」

銀色の髪を無造作に後ろでひとつに括った白銀が、持っていた剣の一振りで腕が四本ある凶悪な熊の魔獣を倒す。

レンに教えてもらう新しい言葉をぎこちなく使って話す白銀に冷たい視線を送っておくわ。

「それもあるけど……そろそろ、限界が来そうで」

アタシは、目の前をヒラヒラと飛ぶ魔獣ならぬ魔虫の蝶々が毒粉を振りかけるる前に、風の刃を飛ばしバラバラにする。

「なんの話だ？」

「そろそろ帰ろうかしら。ねえ、アタシが隠微魔法かけるから、こっそり街に戻るわよ」

「はあ？　なんで？　俺たちの人姿は別に隠さなくてもいいだろう？」

「姿を隠す理由があるのよ！　レンのためでもあるんだから、いい？」

「お、おう」

ギルドに持ち帰ったら売れる素材と、討伐証明の箇所と肉を持って帰る。手が汚れるので、解体は白銀にやらせて、アタシの収納魔法に入れて、と。

「あ、門に入る前に、また森に戻るから、よろしくね」

「はあああああっ？　な、なんで？」

「なんでもよ！」

ギロッと睨むと、白銀はビクンと体を硬直させたあと、ガックンガックン頷いた。

誰も見ていないところは魔法を使って高速で移動して、森の浅い他の冒険者たちが活動しているところで、ゆるゆると歩く。

「いた」

「ん？」

アタシは、さらに隠微魔法をかける。

アースホープ領で使った魔法より効果を強くする。

じゃないと、アレは気づいてしまうかも。

アレの姿は見えない。

だから感覚を研ぎ澄ます……、あー、アタシじゃダメね……。

「ねぇ、何か、感じない？」

「は？　お前どうした？　今日、訳がわからんことばかり言ってるぞ？」

「そうねえ……、白銀、目を瞑って見られている方向を指差してみて」

白銀は困惑した顔を隠さないまま、目を瞑り「むむむ」と唸る。

待つこと、暫し。

白銀の顔がある方向に向けられる。

アタシは、白銀の指差す方へ、問答無用で風の矢を三発撃つ。

バサササッ！

姿は見えないが、何かが落ちた音がする。

「行くわよ！」

白銀の背中をバチンと叩いて、音がしたほうへ駆け出す。

そして、そこに落ちていたのは……。

「おいおい、紫紺、これって……」

「本当に……あの方は……」

アタシは、額に手を当てて空を見上げた。

「どういうことなのですか、神様？」

私の前には、手当てをされた痛々しい姿の黒い塊……八咫烏《やたがらす》様が伏せっている。

「なぜ、このようなことに？」

「うー、ちがうちがう。ただ、さぁ、あっちにばっかり行ってると神使たちがうるさいから、僕がいなくてもレンくんの様子がわかるように……て……」

私はギラリと神様を睨みつける。

「それで、わざわざ他の神様に頼んで、八咫烏様をお借りして、わざわざ神様の箱庭に行ってもらい、レン様を盗み見していたのですか！　この忙しいときに！」

「ひっ！」

カメのように首を竦《すく》めても許しませんよ！　このボンクラ神様！

「しかも、しかも聖獣レオノワール様にこっそり盗み見ていたのがバレて、魔法で攻撃されて、八咫烏様が傷を負ったというのですか！」

「ひぃぃぃっ、ご、ごめんなさーい」

泣いて土下座しても、ダメですよ。

だいたい、貴方、神様のくせに土下座のしすぎで、全然ありがたみがないですし。

はーっ、と額に手を当てて、おっと人型のままでしたね、私。ポワンと術を解いて狐の姿に戻ります。

そこへ、別の神使がススッと寄ってきて、私に差し出すいくつかの水晶。

はて？　なんですか、これ？

その神使に促されるままに、ぽちゃんと水鏡に入れてみます。そうすると、徐々に映像が映し出されました。

「つまり。シエル様に頼まれて、レンを覗いてたのね！」

羽と腹に矢を受けた見たこともない三本足の黒い鳥は、クエッと弱々しく鳴いた。

この黒い鳥はアースホープ領に行く旅路から、そのあとまでずーっと感じていた視線の主だ。

「おい、一応あの方の使い魔だろう？　いいのか、手当しなくて？」

「はあぁぁぁっ？　たとえあの方の命令でも覗き見していたのは事実でしょうが！　だいたい、神様ともあろう方が、なんで使い魔なんかに覗き見を命令すんのよ！　おかしいでしょうが、いろいろ」

「いや、あの方は、いろいろとおかしいだろうが……」

白銀が疲れた顔で、はーっとため息をつく。

アタシは、それもそうねと思い直すと、その黒い鳥の羽を両手で摑んで持ち上げ、凄んだ顔で。

「いい？　どうしてもレンの様子が知りたくて覗き見したいなら、あの方が直々にアタシたちに許しを得るように言っておきなさい。次、また見つけたら……もぐわよ？」

「クエエエェェエッ!」

黒い鳥は涙を振りまきながら、いやいやと首を横に振る。

「白銀、開いて」

「あいよ」

白銀が吠えると、空間に裂け目ができる。

アタシはその裂け目に鳥を投げ込んだ。

これで、あっちに帰れるでしょう……次元の境目に迷わなければ……ね。


「なんてことですか……。貴方、あの方たちの信頼度ゼロだったのに、マイナスになりましたよ? もう、挽回《ばんかい》できませんよ、これ」

「うわあああああぁぁん」

いや、泣かれても困るんですけど……。

とりあえず、八咫烏様があちらの神様にクレーム入れたら今年の出雲が荒れるので、私たち神使は神様を放っておいて、八咫烏様を接待するのでした。

はああぁぁぁ、転職……しようかな……。

ちびっ子転生日記帳～お友達いっぱいつくりましゅ！～／了

ブルーベル家のにぎやかな夜

お祖父様の治めるアースホープ領の春花祭で事件に巻き込まれながらもそれなりに楽しんだぼくらは、ブループールの街へと帰ってきました。

しばらくはお部屋でのんびりと過ごしていたけど、ある夜クローゼットの奥に仕舞われていたあるモノを見つける。

「にいたま、これ！」

ぼくは目をキラキラと輝かせて、そのあるモノを手に取った。

ベッドの上にゆったりと腰かけて読書をしている兄様に、ぼくは手に持ったお洋服をビラッと広げてみせる。

「んー、レン。なにかな？　え……」

驚いてバサリと持っていた本を落とし、兄様が口をあんぐりと開けているようだけど、その気持ちはわかります！

だって、とってもとっても素敵だものねー、このお洋服……着ぐるみ？　が正しいのかな。

「やった！　勝負に勝ったからレンは俺とお揃いだ」

「もう、次はアタシとお揃いよ。ほら。ヒュー、今回はアタシとお揃いね」

ぼくが手に持っている着ぐるみの部屋着は、母様がブループールの街のお洋服屋さんで買ってくれた、ケモミミ付きなのです！

今日は、ぼくが白銀とお揃いの三角耳にフサフサ尻尾で、兄様が紫紺とお揃いの真ん丸お耳のしなやか尻尾ですよ。

「……僕も着るの？」

兄様の縋るような視線に、ぼくは満面の笑顔で頷きました。

だって白銀とお揃いの恰好をしたぼくと紫紺とお揃いの恰好した兄様と、大好きな白銀と紫紺と一緒に寝たらとっても素敵だと思う。

今回ぼくが着るのは、白銀とお揃いの狼さんの三角耳の着ぐるみですよ。

うんしょ、うんしょ、あれれ？

「レン、腕はこっちに通して」

「あい」

紫紺に手伝ってもらってお着替えします。

いつも手伝ってくれる兄様は項垂れて、ブツブツと陰気な顔で何かを呟いているみたい。

「うん、レンはかわいいと思うよ。白銀とお揃いの三角耳にふさふさ尻尾で。僕もレンがその恰好をしているのを見たいし、紫紺とお揃いの恰好をしたレンも見たいよ。でも僕は……」

んゆ？

何だかわからないけど、兄様も早く着替えようよ。

母様がお洋服屋さんで作ってくれた狼さんと猫さんの着ぐるみは、ぼく用と兄様用とそれぞれ誂えてあった。

「にいたまもきがえる。ぼくがしろがね。にいたまはしこん」

今回はぼくが白銀の着ぐるみで、兄様が紫紺の着ぐるみだよ。

次に着るときは、取りかえっこでぼくが紫紺の着ぐるみで兄様が白銀の着ぐるみを着るんだよ？

ちゃんと両方着てあげないと、白銀と紫紺が不貞腐れてしまうからね。

「……やっぱり、僕も着替えないとダメか……」

「諦めろ、ヒュー」

「かわいいじゃない。アンジェの見立てがいいから生地も最高級だし」

兄様が顔を上に向けて何かに耐えるように唇をキュッと結び、もそもそとぼくに背中を向けてようやく着替え始めた。

紫紺の姿を模した着ぐるみもとってもかっこいいのに、兄様は白銀タイプが良かったのかな？

「できた！」

ぼくの頭にはピコピコと三角耳が揺れて、お尻をフリフリすると尻尾がふさふさと動きます。

「どーでしゅか？」

白銀とお揃いの三角耳の真っ白な着ぐるみを着て、白銀と紫紺の前でポーズを決めます。

ガオーッ！　狼さんだぞー。

顔の横で両手の爪を立てるようなポーズで吠えると、白銀と紫紺がニコニコと喜んでくれた。

「んんっ。なにそれ、すごくかわいい」

兄様が口元を手で押さえて、なにやら悶えています。

「かっこいい？」

白銀とお揃いの今、ぼくは「かっこいい」と言われたい。

コテンと首を傾げて尋ねると、「んんっ」と何か言いにくそうに咳払いをして答えてくれる。

「んんっ。……か、かっこいいぞ！」

「そうね、かっこかわいいわ」

「んふふ。ありあとー」

ペコリと頭を下げてお礼を言って、ぐりんと後ろを振り返ると兄様が尻尾を手に持ってもじもじしています。

「にいたま。かわいいの。だいじょーぶ！」

「……何が大丈夫なのかわからないけど、ありがと。レンもかわ……かっこいいよ」

ポンポンと頭に手を置いて、兄様は「はあーっ」と深く息を吐き出しました。

んゆ？

兄様と一緒にポーズを決めて白銀と紫紺に披露していたら、なんだか楽しくなってきちゃった！

しばらく狼さんごっこで遊んでいると、部屋の扉から誰かの話し声が？

バタンッと大きな音をたてて部屋の扉が開いて、ドサドサッと人が倒れてきました。

「きゃああ」

「バカッ、押すな!」

「父様？　母様？　何をやっているんですか？」

「「あははは。見つかっちゃった」」

「それでは、失礼します」

父様たちをその場に残し、開いた扉をセバスさんが澄ました顔で静かに閉じていきました。

母様に下敷きにされて倒れている父様にビックリしたぼくは、トテテと近づいてよいしょと父様の腕を持ち上げる。

「どうちたの？　ハッ！　ぼくたちといっちょにねるの？」

も、もしかして、家族みんなで寝ましょうというイベント到来なのでは？　ワクワク。

「そ、そうね。今日はみんなで一緒に寝ましょう」

「そ、そうだな。そうしよう」

「えっ！　僕、こ、この恰好で？」

そうだよ、ぼくが狼さんの恰好で、兄様が猫ちゃんの恰好で一緒に寝るんだよ。

わーい、嬉しいな！

「大丈夫！　私たちの分も用意してあるわ！」

「え？　俺たちの分？」

母様がパチンと両手を叩いてニッコリと微笑むと、再び部屋の扉が開いてポンポンッと何かが放り込まれました。

「うわっ、なんだこれ？」

「うふふ。かわいいからギルの分も頼んでおいたのよ」

父様たちもセバスさんが持ってきてくれた着ぐるみに着替え……なんで父様はガックリと項垂れているの？

まるでさっきの兄様みたいだね。

兄様が父様の肩を慰めるようにポンポンと叩くと、父様は諦めたようにもそもそと着替え始めました。

兄様と一緒にベッドに飛び乗って、白銀と紫紺を両腕で抱きしめて待っていると、父様と母様がかわいい着ぐるみ姿でベッドへ。

垂れ耳がかわいいピンクの兎さんになった母様と、小さくて丸い尻尾がキュートな熊さんになった父様に挟まれて、ぼくと兄様は顔を見合わせてクスクスと笑った。

白銀と紫紺がペロリとぼくたちの頬をおやすみの挨拶代わりに舐めたのを合図に、ぼくの瞼はゆっくりと閉じていく。

とっても幸せな気持ちに包まれて、おやすみなさーい。

MAG Garden NOVELS

ちびっ子転生日記帳
～お友達いっぱいつくりましゅ！～

発行日　2024年1月25日 初版発行

著者 沢野りお　イラスト こよいみつき

発行人　保坂嘉弘
発行所　株式会社マッグガーデン
〒102-8019 東京都千代田区五番町6-2
ホーマットホライゾンビル5F
編集 TEL：03-3515-3872　FAX：03-3262-5557
営業 TEL：03-3515-3871　FAX：03-3262-3436
印刷所　株式会社広済堂ネクスト
担当編集　小林亜美（シュガーフォックス）
装　幀　木村慎二郎（BRiDGE）＋矢部政人

本書は、「小説家になろう」(https://syosetu.com/) 作品に、加筆と修正を入れて書籍化したものです。

ISBN978-4-8000-1411-5 C0093　Printed in Japan

著者へのファンレター・感想等は〒102-8019（株）マッグガーデン気付
「沢野りお先生」係、「こよいみつき先生」係までお送りください。